Juntar pedaços

Miriam Alves

Juntar pedaços

Todos os direitos desta edição reservados à
Malê Editora e Produtora Cultural Ltda.

Editores: Vagner Amaro & Francisco Jorge

Juntar pedaços
ISBN: 978-65-87746-22-7
Capa: Dora Lia
Diagramação: Maristela Meneghetti
Edição: Vagner Amaro
Revisão: Iuri Pavan

Texto revisado segundo o novo Acordo Ortográfico da Língua Portuguesa.
Proibida a reprodução, no todo, ou em parte, através de quaisquer meios.

Dados internacionais de catalogação na publicação (CIP)
Vagner Amaro – Bibliotecário - CRB-7/5224

A474j	Alves, Miriam
	Juntar pedaços / Miriam Alves. – Rio de Janeiro: Malê, 2021.
	112p.; 21 cm.
	ISBN 978-65-87746-22-7
	1. Conto brasileiro I. Título
	CDD – B869.301

Índice para catálogo sistemático: I. Ficção: Literatura brasileira B869.301

2021

Editora Malê
Rua do Acre, 83, sala 202, Centro, Rio de Janeiro, RJ
contato@editoramale.com.br
www.editoramale.com.br

Ao lhes oferecer este livro, espero
que vocês sejam abduzidos por cada uma
das personagens, em cada história...

Sumário

PREFÁCIO:
Lascas, fragmentos, cacos: Miriam Alves e a arte de juntar pedaços....11

O Corpo Pelado 17

JUNTAR PEDAÇOS
Cena 1 – Mosaico 21
Cena 2 – Tampa de privada 23
Cena 3 – Troca de casais 25
Cena 4 – Tô nem aí 27
Cena 5 – Faz frio 29
Cena 6 – Acidente 31
Cena 7 – Alimento 33
Vizinhos 35
Choveu 37
Mergulho 39
Passagem do Tempo 41
A Cega e a Negra – Uma Fábula 45
(Re)Encontro 51
Mais Um Dia. Só Mais Um Dia 53
Ya 55
Renascimento 57

Química ou Física 59
Tamborilar 61
Minha Flor, Minha Paixão 63
Quietinha 67
Mala 69
Zunzunzum 71
Lembranças do Amanhã 73
Não se Matam Cachorros 77
Um só Gole 81
Cotidiano 89
Domingo 89
Conversa na calçada 89
Terça-feira 91
À tarde, no ônibus a caminho do centro da cidade 91
Quarta-feira 93
No ônibus, indo encontrar as amigas 93
Quinta-feira 95
Chegando em casa à noite 95
Sexta-feira 97
À noite, no ônibus voltando para casa 97

POSFÁCIO
Palavra e palavras, apontamentos sobre a autora 99
A oferenda exuzíaca de Miriam Alves 103
Juntar os pedaços. Fazer a cabeça! 107

Agradeço aos senhores dos caminhos
por apontarem os rumos...

PREFÁCIO

Lascas, fragmentos, cacos: Miriam Alves e a arte de juntar pedaços

Franciane Conceição da Silva (Francy Silva)[1]

Conheci Miriam Alves em junho de 2012, na cidade de Belo Horizonte, durante a I Festa Literária de Expressões Indígenas, Africanas e Afro-Brasileiras (FliAfro), organizada pela professora Iris Amâncio. Eu, mulher negra interiorana, no processo de descoberta da Literatura Negro-Brasileira, ao me ver em um evento cercada de escritoras negras, fui tomada por uma incontrolável emoção. Lembro-me da minha perplexidade ao ouvir o ressoar daquelas vozes-mulheres, corporificadas, inacreditavelmente próximas.

Miriam Alves, de blusa amarela vibrante, fez uma fala-performance que ocupou toda a imensidão do ambiente e me paralisou. Quando a mediadora da mesa, a professora Maria Nazareth Soares Fonseca – que, num futuro não muito distante, se tornaria a minha orientadora de doutorado –, abriu espaço para intervenção da plateia, peguei o microfone. Trêmula, absorvida pela mágica do encontro, fiz um emocionado depoimento. Meus olhos se esvaíram em um pranto convulso. Miriam caminhou em minha direção e me abraçou. Um

---

[1] Professora adjunta do Departamento de Letras Clássicas e Vernáculas da Universidade Federal da Paraíba (UFPB). Doutora em Letras – Literaturas de Língua Portuguesa – pela Pontifícia Universidade Católica de Minas Gerais (PUC Minas).

abraço carregado de uma força ancestral. Naquele dia, adquiri o meu primeiro livro de Miriam Alves, a obra *Mulher mat(r)iz*, que viria a se tornar objeto de estudo no doutorado. Na dedicatória, Miriam me segredou versos de incentivo e agradeceu pelas "lágrimas que regem palavras".

Rememoro essa história porque, ao ler *Juntar pedaços* para escrever este prefácio, descobri que, em junho de 2012, Miriam Alves me segredara que "saber juntar pedaços, transformá-los numa coisa bela, é arte". *Juntar pedaços* é arte! Arte que questiona, inova, incomoda, inventa, ressignifica. Miriam Alves apresenta uma obra multifacetada e, corajosamente, se desnuda de fórmulas prontas. A autora experimenta novas formas de narrar, novos modos de construir seus textos, desafiando os moldes que tentam encaixotar o seu fazer literário.

Os questionamentos das formas e fôrmas são apresentados logo no início da obra, em "O corpo pelado". Guiada pelo Senhor dos Caminhos, num relampejo de ideias, a narradora anuncia: "a chuva de palavras me encharcou, desfazendo os significantes das vestes alheias, que cobrem, vendam e insistem em me vender em modelos formais congelados, coisificando a literatura negra que faço". Na tessitura de suas narrativas, no quebra-cabeça de inúmeras peças que nos convida a montar, Miriam Alves joga com o/a leitor/a. Um jogo em que não precisa necessariamente haver um/a vencedor/a.

Num primeiro momento, podemos dizer que *Juntar pedaços* é uma coletânea de contos[2]. Contudo, é possível questionar: são contos as sete narrativas iniciais do livro, as quais a autora nomeia "Cenas"? São contos as seis últimas narrativas da obra, intituladas "Cotidiano"? *Juntar pedaços* é mesmo um livro de contos? As narrativas elencada

---

[2] *Juntar pedaços* é a quarta obra ficcional de Miriam Alves. Em 2011, a autora publicou *Mulher Mat(r)iz*, coleção de prosas, seguidos dos romances *Bará na trilha do vento* (2015) e *Maréia* (2019).

em cenas que abre o livro são as mais intrigantes desta obra, reunindo sete histórias, sete protagonistas, sete caminhos, sete destinos, sete encruzilhadas. Sete pedaços curtos de vidas. As sete personagens centrais dessas cenas, por mais distintas que sejam, se entrecruzam em um ponto: todas são impulsionadas a colar os cacos e se reconstruir. "Fêmeas-fênix", ressurgem das cinzas, enfrentando monstros visíveis e invisíveis.

A reflexão sobre a velhice e a proximidade da morte é outro tema que ganha força em *Juntar pedaços*. Podemos observar esse movimento nas narrativas "Tô nem aí" e "Passagem do tempo". Na segunda, único texto do livro que traz um homem como protagonista, o personagem de 92 anos, cercado de filhos, netos, bisnetos, se percebe acompanhado da inseparável solidão de estar chegando ao fim: "Sentado na cadeira predileta, espera a passagem do tempo e a vida seguir". Nessa senda de refletir sobre a corda bamba da vida, somos convocadas pelas personagens de "Ya" e "Mergulho" a ouvir atentamente a experiência das nossas mais velhas, aprender com elas, ser continuidade. A personagem Sebastiana nos ensina: "Somos frágeis e ternos, mas, às vezes, temos que endurecer para não esmorecer. Não deixar que a tristeza nos corrompa, nos elimine. Nossa maior atitude é estar vivo e viver."

Outra temática bastante recorrente em *Juntar pedaços* é a relação amorosa entre mulheres. Nas narrativas "Troca de casais", "Zunzunzum" e "Não se matam cachorros", as protagonistas, depois de vivenciarem a experiência do abandono em relacionamentos com homens, reconstroem a vida com mulheres, baseada em um amor que se fortalece e reconfigura. Nas prosas "Química e física" e "Tamborilar", o vínculo afetivo se dá de forma leve, descompromissada, com a paixão acesa pela chama do desejo: "Eu estava inteira. Ao chegar no final, encontrei Luiza, sua pele reluzia alegria. Uma atração invisível nos aproximava." Em "Mais um dia. Só mais um dia", o relacionamento desemboca em uma disputa marcada por ciúmes, brigas e frustrações, que prenunciam um desfecho trágico. De maneira cuidadosa, Miriam Alves tece as relações de amor entre mulheres sem estereótipos, estigmas, lugares-comuns. Independentemente da orientação sexual, as personagens estão envolvidas romanticamente e, como qualquer casal, enfrentam as complexidades de uma relação.

A denúncia da violência contra a mulher, temática recorrente nos textos literários de Miriam Alves e de outras autoras afro-brasileiras, ganha uma nova feição em *Juntar pedaços*. Atacadas de maneira vil, as personagens vão construindo estratégias meticulosas para se defenderem de seus agressores. A defesa, muitas vezes, transforma-se numa vingança: aqui, os machos abusadores não saem impunes. No conto "Acidente", depois de sofrer sucessivas violações, a protagonista prepara a vingança: "Peguei um pedaço de cabo de vassoura, coloquei embaixo do travesseiro. Depois que ele resfolegou, virou para o lado, enfiei-lhe o pau no cu." Na narrativa "Tampa de privada", a vingança acontece na sutileza da esposa de errar conscientemente a letra de uma música para irritar o marido, incapaz de atender o seu pedido de levantar a tampa do vaso sanitário. Às vezes, se manifesta através de um atear de fogo na "mala sem alça", transformando em cinzas anos de humilhação; a vingança feminina acontece também no gesto de se permitir amar e ser amada por outro corpo-fêmea, no gesto de desaguar em lágrimas de prazer, depois de tanto desaguar em lágrimas de amargura no encontro com o corpo-macho.

Considero Sandra, a protagonista do conto "Não se matam cachorros", de algum modo, sintetiza a força e capacidade de regeneração de todas as personagens que passeiam pelas trilhas ficcionais de

Juntar pedaços. A beleza de Sandra se avoluma na imponência de um corpo negro que não se enverga, não se rebaixa, não rasteja diante de espelhos que não refletem a sua imagem. Sandra é raio, tempestade, trovão. No desfecho do conto, a sua postura altiva diante do corpo ensanguentado do macho que, por duas vezes, tentou violentá-la é a representação alegórica da vitória feminina sobre a covardia masculina.

Descobrir a beleza dos cacos e transformar em arte é uma técnica que toda mulher domina. Transformar a dor em arte é uma estratégia de resistência negra feminina. *Juntar pedaços* ensina que viver é como montar um grande quebra-cabeça. Viver é juntar peças que nos possibilitam seguir inteiras, mesmo despedaçadas. Às vezes, buscamos angustiadas pelas peças que faltam para completar o nosso jogo. Buscamos longe, muito longe, mas, não raramente, as peças estão bem perto de nós. Muitas vezes, elas estão dentro de nós. E, por estarmos tão perto, olhamos e não enxergamos. *Juntar pedaços* nos convida a praticar o exercício de olhar e ver. Olhar e nos ver. Olhar e viver. *Juntar pedaços* nos ensina que, ao ouvirmos a sabedoria ancestral, acordamos nossos cães protetores e destravamos as portas giratórias que tentam impedir a nossa marcha.

No início de *Juntar pedaços*, Miriam Alves faz um convite ao/à leitor/a: "sejam abduzidos". Eu, alegre e honrada prefaciadora desta obra de uma das autoras mais importantes da Literatura Negro-Brasileira, reitero o convite: se deixem abduzir. Permitam-se aprender com Miriam Alves a nobre arte de colar pedaços, construir mosaicos, traçar novas rotas e (re)descobrir caminhos.

O CORPO PELADO

Uma mulher negra nua passeando em plena avenida movimentada de um bairro em São Paulo, entre restaurantes populares, posto de gasolina e dois prédios residenciais. Às 23 horas e 30 minutos, caminhava calmamente. A pele ebânea reluzia sob os postes enfileirados dos dois lados da rua, cuja luz neon se misturava ao brilho exagerado dos estabelecimentos. Iluminada, ela desfilava segura de que o trajeto não seria interrompido por olhos assustados ou atos violentos de alguém.

Andávamos em direções opostas, ela majestosa em passos lentos. Sua nudez exposta contrastava comigo, coberta em trajes cotidianos e com um agasalho de moletom – àquela hora da noite, o friozinho da madrugada se pronunciava. Atentei à confluência das coxas e ao traçado triangular perfeito, desenhado por fartos pelos pubianos encaracolados. Ao ladearmos, os olhares se encontraram, um breve e rápido instante, como um relâmpago cruzando os céus. Na sua face, um semblante indefectível, um leve sorrir sarcástico; na minha, o espanto, o encanto e a perplexidade.

Segui. Ao me distanciar um pouco, ousei olhar para trás: vi as pernas roliças, a bunda carnuda arredondada se movendo como ondas oceânicas. Ondulando, ondulando, a mulher se foi na noite em sua vestimenta, pele natural. Eu me fui pela noite, acobertada por tecidos transformados em roupas que aprisionam, com a desculpa de proteger. Com a imagem daquele corpo ondulante na avenida, nem era Carnaval, os meus pensamentos ondeavam interrogações, inquietações.

Refleti sobre a representatividade do corpo negro em algumas situações:

No cotidiano reservado das casas, quando se despe para o encontro nas confluências das coxas de um corpo em outro corpo fêmeo. O corpo fêmeo em outro corpo não fêmeo, e as ondulações do bailado a caminho do êxtase e depois a mansidão.

Na violência da exibição pública para o deleite de consumistas sexuais da carne negra erotizada banalizada, vendida, comprada.

No constrangimento, que, mesmo coberto por vestes cotidianas, é despido por olhares gulosos de implícitas intenções.

Na insatisfação, de muitas, de ter esse corpo desenhado em conformidade com a natureza dos orixás e procurar outros contornos, outros espelhos e se transformar em caricaturas.

Na valorização sexualizada da bunda, como se ela não fizesse parte de todo o corpo.

Na vitimização, racista e sexista, que esse corpo, vestido ou pelado, é submetido na nossa sociedade.

Nas verdades ocultas ou expostas que o corpo negro pelado representa.

A mulher negra nua na rua, sem mais nem porquês, seria uma entidade enviada pelo orixá Exu? Eu vestida sem mais nem porquês, caminhávamos em sentidos opostos, personificávamos uma alegoria real. Naquele instante, éramos só nós duas. Luzes refletidas na sua pele noite eram olhos indicando caminhos, desvelando os vários signos de palavras que cobrem os nossos corpos negros, como vestimentas eternas e naturais.

Meus pensamentos libertos foram ao ápice, numa tempestade de ideias. Trovejou, relampejou, intensificou. Os ventos formaram um rodomoinho, a chuva de palavras me encharcou, desfazendo os significantes das vestes alheias, que cobrem, vendam e insistem em me vender em modelos formais congelados, coisificando a literatura negra que faço. Fui ficando nua, as gotas de chuvas em vogais e consoantes reluziram outros significados, redescobrindo outros símbolos, ressignificando a minha verdadeira nudez. Ao olhar-me no espelho, vi a mulher nua tranquila e me veio à mente uma frase de Nelson Rodrigues: "Toda nudez será castigada." A mulher nua sorriu: "Não, toda nudez é exuzíaca."

JUNTAR PEDAÇOS

Cena

1

Mosaico

Caminhando na calçada acidentada, pensava nas possibilidades de dar um jeito na minha vida. Faz meses que as coisas desandaram. Fui despedida do emprego onde trabalhei por mais de quinze anos, o motivo era o bom salário que recebia. "Bom" em termos: era dois dígitos menor que o dos homens. Ao reclamar pelo aumento, ganhei, no lugar, o olho da rua. Currículos enviados. Apelos aos amigos pedindo indicação. Nada aconteceu. O Miguel, que parecia ser compreensivo, resolveu terminar comigo, disse estar apaixonado por outra pessoa. Levou as roupas e um relacionamento de quatro anos. Deixou o apartamento, que dividíamos, e as dívidas para eu pagar sozinha.

Ando com cuidado para não tropeçar e cair, presto atenção no calçamento irregular para não correr o risco de quebrar uma perna ou a cara. Simbolicamente, a cara já quebrei. Sem convênio médico e sem ninguém para cuidar de mim, não quero ter osso quebrado. Viver é uma aventura de esquiva. Será que eu não soube me esquivar? Caminhando, desviava dos pedaços de cerâmica acumulados na calçada. Parei. Prestei atenção no desenho que as lascas faziam, vi beleza naqueles cacos.

No sentido contrário ao meu, distraído caminhava uma mulher. Esbarrou em mim, quase caímos. Nos abraçamos, equilibramo-nos. Ao nos apercebermos da situação, ela, desenxabida, pediu desculpas. Nos soltamos, dando uma gargalhada, disfarçando a estranheza de duas desconhecidas enlaçadas frente a um monte de fragmento. Nos assemelhamos: ela usava os cabelos crespos soltos, os meus estavam enfeitados com uma bandana. A pele, dois tons mais clara que a minha, harmonizou-se em suave contraste quando nos enlaçamos. Ela disse: "Meu nome é Carla." "O meu é Jessica."

"Você faz mosaico? É que percebi sua atenção voltada para esses restos de cerâmicas." Fiquei sem resposta, não era o caso. Ela continuou: "Eu sou mosaicista. Faço também artesanatos com retalhos de tecidos. Saber juntar pedaços, transformá-los numa coisa bela, é arte. Quer conhecer meu ateliê? Leve alguns desses cacos, poderá ser útil." Fomos caminhando, Carla me ensinando como juntar pedaços.

Cena 2

Tampa de privada

Eu cantava bem alto – ela pisava nos cacos distraída – enquanto limpava a tampa do vaso sanitário, que ele nunca teve o cuidado de levantar. Eu trocava a letra da música só para pirraçar, vê-lo nervoso, com as veias das têmporas latejando, me corrigindo. No começo do casamento, achei que era esquecimento ou mau hábito. Talvez ele nunca tenha aprendido mesmo, vivendo numa casa com quatro irmãos e o pai, mais a irmã caçula e a mãe, que, resignadas, limpavam quantas vezes fosse necessário. Eu imaginava o quão desgastante seria reclamar com eles todos os dias.

Aqui em casa, éramos três mulheres, eu e duas filhas, chamando a atenção dele. Elas se casaram, me deram quatro netinhos, dois cada uma. Pretinhos lindos! Alguns dizem que são parecidos com os pais. Avó coruja que sou, acho que puxaram a mim, principalmente no sorriso espontâneo. Com a mudança delas, eu fiquei sozinha com a tarefa de alertá-lo: "Meu velho, você esqueceu de novo de erguer a tampa." Repetia e repetia. Ele? Fazia ouvidos moucos.

No nosso trigésimo quarto aniversário de casamento, foi uma festança, vieram os netos, as filhas, os genros e os amigos. Lelé todo sorridente, bonito, os cabelos brancos em contraste com a pele preta e lisa, fiquei enternecida. Na hora de soprar as velas, desejei que ele aprendesse que a tampa se ergue. Não fui atendida, parei de reclamar, adotei a atitude da irmã e da mãe dele. O aguardava sair do banheiro e limpava cantarolando para disfarçar a irritação: "Ela pisava nos cacos distraída."

    Certo dia, sentado na poltrona da sala, parou de assistir à televisão, gritou: "Minha velha, não é 'caco', é 'astro'. Não muda a letra da canção de Orestes Barbosa. É tão bonita! Você não lembra? A gente dançava... A voz do Orlando Silva... O disco tocando na vitrola?" Consegui chamar a atenção. Cantei e limpei por um ano seguido. Na semana do nosso trigésimo quinto aniversário de casamento, ele pediu, como um menino que pede doce: "Minha velha, por favor, não mate mais a letra da música!" Propus uma troca: não cantaria mais, nem certo, nem errado, se ele levantasse a tampa do vaso sanitário. Mas, na manhã em que Lelé atendeu meus pedidos, o encontrei morto, vítima de ataque cardíaco.

Cena

3

Troca de casais

Morávamos em um bairro popular, trocávamos cortesias próprias de vizinhos. De vez em quando, um churrasco de final de semana, reuníamos, para rir e trocar conversa fiada. Num domingo, o pai dos filhos dela sumiu, o pai de meus filhos também, saíram para o futebol, nunca mais retornaram. Procuramos no Instituto Médico Legal, hospitais, delegacias. Receávamos que tivessem sido eliminados por engano, os corpos enterrados em qualquer lugar. Buscamos notícias entre os amigos. Nada!

O desespero bateu. Nos revezávamos nas tarefas que a maternidade exigia para criar quatro meninos, dois dela e dois meus. O tempo foi passando, a amizade crescendo. Para facilitar a vida, fomos morar sob o mesmo teto, misturamos os filhos e as coisas, copos, pratos e talheres. À noite, todos aboletados no sofá da sala, assistíamos filmes. As crianças cresceram e saíam juntas para outras diversões. Certa feita, emocionadas com uma cena de um filme, nos misturamos também, pernas, braços, mãos e bocas. Primeiro no sofá, depois na cama, que não era mais dela nem minha, era nossa.

Não tivemos mais notícias de nossos homens. Paramos de procurar, enfim estávamos bem sem eles. Um dia, navegando nas redes sociais, por curiosidade, busquei pelo nome completo de Otávio e Jorge. Deparei a foto dos dois abraçados, olhares românticos, ao fundo uma praia no Recife.

Cena

4

Tô nem aí

O cansaço toma conta dos meus dias e das minhas noites, uma insônia perpétua. Cansaço? Ou será insanidade que me acomete por conta da idade? Banho-me, passo perfume, sento-me na praça, olhando como se pudesse surgir do nada algum alívio. Alívio do quê? Não sei. Só quero alívio. As pessoas apressadas no ir e vir nem me notam, preocupadas em ir e vir. Eu me lembro que já fui assim, empenhada numa corrida louca, ponto de partida o lar, a chegada o trabalho. No final do expediente, nova partida e chegada, em sentido inverso.

Hoje a partida é de um lugar vazio, que me dá cansaço, a chegada é o banco da praça, o trabalho é esperar por ela. Aguardo, mas ela não me vê, talvez tenha tantas pessoas para encontrar que se esqueceu de mim. Não durmo, espero por ela. Hoje vou dormir, para facilitar o encontro. Chego. Deito. Fecho os olhos. Sonho. Ela se aproxima, me toca os ombros. Sinto seu hálito de flores, ela sussurra bem perto do meu rosto: "Tô nem aí para você! Hoje não é seu dia de morrer."

Cena

5

Faz frio

Comecei a sentir frio, me enrolei nos cobertores, mas não aquecia. Os meus pés eram pedras de gelo, como costumava dizer minha avó, nos meus tempos de infância. Em São Paulo, nesta época do ano, faz frio mesmo. Dizem que a calefação, sistema muito caro, não compensa investimento público, os períodos de inverno são curtos. Fale isso para os meus pés, que estão doendo, e meias de lã não resolvem.

O celular tocou, era a Zilda, amiga da faculdade, reclamando da friaca. "E aí, tá viva ou virou picolé? Vamos fazer vinho e queijo, aqui em casa, mais tarde. Venha nos encontrar." Eu não estava disposta a ir para lugar nenhum. Ela não especificou quem seria esse "nos". Perguntei, fez mistério. "Pessoas que você conhece. Larga de ser chata! Está muito seletiva. Vamos lá, amiga, é bom sair um pouco, calor humano espanta o frio." Não estava seletiva, mas as reuniões na casa da Zilda eram enfadonhas e constrangedoras, os convidados, intelectuais brancos, interessados nos afrodescendentes. Eu chegava, e a temática começava, me sentia como objeto investigado, respondendo pesquisas para a tese de alguém.

Certa feita, falei, francamente, que essa situação era desagradável, invadia a minha privacidade e o meu direito a escolhas. "É, eu entendo. Sei como é. Se eu tivesse na sua situação, me sentiria assim."

Ela não entendeu nada. Passei a evitá-la e a suas reuniões. Na faculdade, só conversava amenidades, nos intervalos das aulas. Ao telefone, percebendo minha relutância, ela insistiu, ressaltou a presença de um tal Peter White da Princeton University, que se interessou em me conhecer quando ela mencionou a minha inteligência e o fato de eu ser a primeira universitária da minha família. Tentando me convencer, disse: "Venha! Ele é um gato, loiro de olhos verdes. Gosta da sua raça. Quem sabe se agrada de você, que é uma negra linda, e lhe leva com ele para os States." A mandei a merda, desliguei o celular. De repente, o frio passou, senti o abraço da minha falecida avó me agasalhando.

Cena

6

Acidente

Ele estava chegando, vinha meio cambaleante, me arrepiei inteira. Nas mãos, trazia um buquê de rosas murchas, roubado de algum túmulo, ao cortar caminho pelo cemitério. Fazia anos que a minha vida se resumia a isso: apanhar pela manhã, para ele aquecer os músculos, antes de ir trabalhar. Depois de tomar uns birinaites, regressava trazendo um doce, um pão ou uma flor, forçava um sorrir, como um pedido de desculpa, afagava minha bunda, me penetrava resfolegando numa trepada apressada. Caía no sono com o órgão murcho à mostra.

Minhas duas filhas foram concebidas nesse resfolegar. Na gravidez, quando eu já estava deitada, ele me virava de bruços, me penetrava por trás, como uma boneca inflável. Ao reclamar, apanhei, levei três pontos no supercílio, para saber quem é que manda. Aprendi, ficava à mercê de surras, caprichos e presentes surrupiados.

Ao longo dos anos, arquitetei planos de libertação. Pensava em enfiar uma faca no meio das pernas dele, quando se virasse de costas para dormir. Esquentar azeite de dendê e, quando começasse a roncar, despejar no pinto murcho. Mas tinha as meninas, que ficariam sem pai e sem mãe. Arquitetei largar tudo, sair de casa, deixar as crianças, mas temi que ele vingasse nelas a minha fuga. O tempo foi passando, a mais velha completou dez anos, diferença de dois anos da caçula, já estavam crescidinhas.

O vi chegando com as flores murchas, me igualei a elas, murchando nas mãos dele. As meninas não estavam em casa, as deixei com a avó. Segurei as flores, em silêncio fui até a cozinha, as larguei na pia. Peguei um pedaço de cabo de vassoura, coloquei embaixo do travesseiro. Depois que ele resfolegou, virou para o lado, enfiei-lhe o pau no cu. Saí, já havia feito as malas, que me aguardavam na casa da minha mãe. Tomei o ônibus, junto com as crianças, vim para São Paulo, cidade grande, que oculta as pessoas.

Refiz a minha vida, casei de novo. Minha filha mais velha tem vinte e cinco anos, se casou, é feliz do jeito dela. A mais nova resolveu estudar, está fazendo curso de enfermagem. Quando o Milton, meu novo marido, ergueu a mão para mim pela primeira vez, dei-lhe um tabefe no meio dos córneos. Empunhando uma faca, perguntei: "Você quer jantar?" Ele, assustado, respondeu que sim. "Que bom, você quer jantar. Sabe, Milton, cansei de apanhar."

Minha mãe, outro dia, informou que o meu ex-marido anda estranho, murchando quais flores de cemitério. Diz que é por conta do acidente, quando, ao trepar para trocar a lâmpada, a cadeira quebrou, lhe causando uma desgraceira.

Cena 7

Alimento

Disse para eu não ir, me rebelei: "A gente tá junto, mas você não é meu dono! Não mande em minha vida!" Fui. Minha cantora predileta se apresentava no palco da praça, ele não me impediria de assistir. Ao voltar, me ameaçou: "Não terá uma próxima vez. Fica esperta! É bom obedecer. Não quer perder os dentes da frente?" Chorei medo e mágoas no travesseiro.

Todas as quartas-feiras, vou ao Ilê Oyá Lumi. Ele só deixa eu participar do grupo de culinária e reciclagem de alimentos, proíbe que eu desenvolva minha mediunidade. A ialorixá, Mãe Nandinha, pertence a uma tradicional família de axé. Iniciada aos nove anos de idade, possui uma habilidade de ver a gente por dentro, e dois diplomas universitários, em psicologia e em nutrição. Se dedica aos ritos religiosos dos orixás, empenha-se em atividades no bairro, como o curso de reaproveitamento de alimentos, em parceria com os mercados da região, que fornecem a matéria-prima.

Ao me ver chegar cabisbaixa, chamou para prosear: "Vem cá conversar com a mãe. O que foi?" Desabafei: "Estou cansada das proibições de Nestor. Sou impedida de fazer o que me alegra. Não me deixa trabalhar. Ameaça, por qualquer motivo, não pagar mais as contas, me agredir. Mãe, me sinto presa." Desabei. Chorei. A voz compreensiva dela afagava: "Vá, minha filha. Abra seu coração para

Oyá, que lhe protege. Guerreira chora, mas é para enxergar as saídas. Vá lá, pede solução, ela vai guiar." Abri meu coração. Esvaziei as lágrimas. Aliviada, me juntei às mulheres. Na cozinha, Mãe Nandinha, vestindo um avental branco, ensinava a lavar, cortar e preparar os alimentos. "Cozinhar é ter paciência, mas não só. É necessário olhar e saber ver que a rama de cenoura, que muitos não dão valor, jogam fora, é alimento. É necessário saber transformar, lapidar nossas ações e habilidades." Eu ouvia, cortava as ramas, repassava detalhes da vida. Vi a faca, nas minhas mãos, se transformar numa espada curva. Ao colocar o dendê no tacho para fritar a massa, entendi, como que atingida por um relâmpago, que eu era feita do vento e das tempestades, que removem obstáculos. Nestor que me aguardasse.

VIZINHOS

Sons extrapolavam as paredes. Pulou da cama, apavorada. Ouvia uma voz feminina em descontrole: "Ai. Ai. Ai... Ai, meu Deus!" O que estaria acontecendo no apartamento ao lado? A mulher, com certeza, estava sendo maltratada pelo homem. Qual atitude tomar? Ignorar? Bater à porta? Chamar a polícia? Sentia-se na obrigação, como vizinha, de prestar solidariedade. As histórias que ouvia no seu trabalho, na Delegacia da Mulher, nunca acabavam bem, por omissão e pela crença de que em briga de marido e mulher não se mete. Os gemidos intensificavam, amplificados no silêncio da madrugada. "Ai... Ai... Ai... Assim eu não vou aguentar. Ai aiiiiiiiii!" Irritou-se. Falou alto na tentativa, inútil, de abafar o ruído: "Que se lasque! Estou cansada, quero dormir. Amanhã trabalho duro, ouvindo as queixas alheias."

Colocou os travesseiros contra o ouvido, procurou retomar o sono. Mas sua consciência solidária falava mais alto. Lembrou que, logo ao se mudar, encontrou o casal na entrada do elevador. Ele bem mais alto que ela, aparentava mais ou menos cinquenta anos, olhos verdes, cabelos loiros, lisos, alguns fios brancos sobressaindo. A cumprimentaram com sorriso simpático, ele não lhe pareceu ser do tipo violento. Mas as aparências enganam. Sabia, por experiência profissional, que a violência doméstica não se detecta facilmente. Chamava a atenção, pelas diferenças fenotípicas, a mulher, abraçada a ele: era negra de estatura mediana, cabelos pretos, as pontas tingidas de loiro platinado. Extrovertida, foi puxando conversa, com curiosidade corriqueira, ao se deparar com a nova moradora, diálogo que transcorreu até o elevador parar no andar.

Os ais se intensificaram, concomitantes a batidas: "Pá, pam, pá, pam, pá, pam, pá, pam." Levantou-se. Solidária, decidiu salvá-la da violência. "Afinal, para que servem os vizinhos? Aquilo já era demais." Mas, antes de sair de seu apartamento, ouviu o derradeiro gemido da mulher: "Ai, ai, ai... Ai, ai, ai, a... A... Ai, ai... A, a... Amor, que delícia!" Ele, por sua vez, gritou: "A, a, a... A, a... U, u, u... U, u... U, u... A, a, a!" Dois corpos exaustos quedaram-se na cama.

CHOVEU

Estava feliz, sensação boa a percorria num misto de eletrificação e paz. Choveu a noite inteira, trovões, coriscos riscando a madrugada, o vento uivando em gozo com a natureza. Os lençóis, fronhas, cobertores, amarfanhados em desalinhos, sobre a cama, as roupas íntimas espalhadas pelo chão indicavam que a ventania de prazeres se fez presente naquele seu reduto. Ali, ela se refugiava das intempéries da vida e das mágoas que os sentimentos humanos lhe pudessem ocasionar. Reservava-se o direito de estar só: quando bem lhe aprouvesse, não deixava ninguém adentrar aquele seu refúgio, onde se sentia plena. Esporadicamente, convidava uma pessoa amiga para um bate-papo, mas deixando explícitos os limites a serem respeitados. Não se isolava, só se preservava, principalmente de homens inconvenientes, na maioria brancos, que, por coincidência ou não, se aproximavam dela com elogios estúpidos: "Seu corpo é de arrepiar. Nunca transei com uma preta. Tenho curiosidade. Dizem que..."

Ela levantou-se, cobriu a nudez com um longo robe branco, deixando transparecer as curvas acentuadas de seu corpo-noite, que irradiava o brilho magnetizado da lua cheia. Estava plena, havia tempos não se sentia assim, como a terra após ser irrigada pela chuva. Sentiu vontade de cantar, dançar uma música romântica que falasse de felicidade, mas dominou-se. Dirigiu-se à cozinha, preparou um caprichado café da manhã. Quando percebeu, cantarolava uma canção que tanto ouvira sua mãe cantar:

"Hoje eu quero a rosa mais linda que houver.
E a primeira estrela que vier
Para enfeitar a noite do meu bem..."

Distraída, ouviu uma voz lhe chamar por entre os lençóis: "Já acordou, meu bem? Por que se levantou? Venha cá! Vamos retomar de onde paramos! Está linda essa bandeja! Pensando bem, vamos repor as energias, para voltar a gastá-la." Ele se levantou, estava nu, se aproximou, despiu-lhe o robe com ternura, a abraçou, beijou. O encaixe de seus corpos era o encontro de duas noites infinitas em festa. Voltou a ventar e a chover, o corisco riscava o dia num traço ziguezagueado. O uivar do vento em gozo se fez ouvir. A bandeja de café ficou sobre a mesa.

MERGULHO

Acordou cedo. Na verdade, se levantou, porque não dormiu, a ansiedade a fazia sonhar acordada. Havia três meses esperava pela realização de seu sonho de infância. Acabara de completar dezoito anos. Seus pais lhe prometeram: daquele ano não passaria, realizaria seu desejo. Eles já haviam tentado algumas vezes, mas, por um motivo ou outro, nunca dava certo. Às vezes, o horário disponível coincidia com o da escola, eles não queriam comprometer os estudos de sua menina ou o orçamento não dava para cumprir as exigências. Mas, desta vez, não haveria erro, não iriam desapontar Ana, a caçula de uma prole de três – era rapa de tacho, como a avó Sebastiana costumava dizer.

Era o xodó, a única que permaneceu na companhia deles. Os outros dois, mais velhos, ganharam o mundo: um estava nos Estados Unidos, fazendo aperfeiçoamento em química, o outro na França, se especializando em antropologia urbana, através de bolsas de estudo. Não poderiam ajudar a irmã a realizar seu sonho, diferente dos deles. Mas a estimulavam a não desistir de forma alguma. Comunicavam-se sempre pelas redes sociais. Estavam longe, porém, na tela do celular, era como estivessem ali com ela, os pais e a avó.

Matilde e Ivair, no começo, viram com estranheza quando a filha, ainda criança, manifestou o seu desejo, mas eles mesmos pertenciam a uma família visionária, que acreditava romper com os estigmas, forjados para pessoas como eles, e poder ser o que se deseja.

Sebastiana, lá nos idos, também sonhou e, guerreira, lutou contra as desigualdades, foi às ruas, participou, militou, acreditou. Hoje, via os netos colhendo um pouco da obstinação de outros tantos negros e negras como ela: "Agruras temos. Mas temos mais a força de continuar. Desistir não é para nós. Ou caminhamos, ou nos atropelam. Nos meus tempos de juventude, fomos à luta como a época exigia. Vocês têm a época de vocês. Os que vieram antes de mim também lutaram, senão aqui não estaríamos. Somos frágeis e ternos, mas, às vezes, temos que endurecer para não esmorecer. Não deixar que a tristeza nos corrompa, nos elimine. Nossa maior atitude é estar vivo e viver", dizia, abraçando Ana, que adormecia em seu colo, sonhando seus próprios sonhos.

Após pesquisarem, se utilizarem dos contatos de Sebastiana e deles próprios, descobriram um lugar ideal, não muito longe de casa. Ana não atravessaria zonas de risco da cidade, cada vez mais perigosas, afinal estar vivo é a maior resistência. Havia chegado o esperado grande dia. Foram acordar a filha, não precisaram, ela estava pronta, com um sorriso feliz, apesar do olhar demonstrar anseio e preocupação. "Vamos, criança, é chegada a hora." Ela desceu as escadas feito uma flecha, dispensou o café, entrou no carro, o pai a levaria no seu primeiro dia. Abraçou o equipamento novinho que estava no banco traseiro, da mesma forma que, aos sete anos, acolheu sua primeira boneca negra. Ao chegarem no clube, apresentou-se ao instrutor, correu ao vestiário, colocou a roupa para sua primeira aula de mergulho. Enfim, veria por dentro o oceano.

PASSAGEM DO TEMPO

Sentado confortavelmente no terraço da casa que construiu tijolo por tijolo, não com as próprias mãos, porque o seu ofício era outro. Ficava ali horas, ostentando com orgulho aquele fruto de anos de trabalho. Havia dias em que contemplava a rua, esvaziando a mente; em outros, as lembranças vinham lhe fazer companhia. As recordações de infância faziam-se presentes, sentia-se transportado no tempo. Via-se moleque travesso atirando pedregulhos no poço no quintal, ficava calculando o tempo do percurso da pedra atravessando a escuridão, até quedar-se lá no fundo, fazendo um tibum ao atingir a água.

Cresceu, transformou-se num rapaz simpático, falante, gostava de contar casos, histórias de suas aventuras, hábito que o acompanhou ao longo de sua vida. Fazia amigos com facilidade. Uma juventude povoada de bailes. Galanteador, não lhe faltavam namoradas, às vezes duas ou três, o que o obrigava a fazer malabarismos para encontrá-las, com o intuito de que uma não soubesse da outra. Esmerava-se no vestir, terno e gravata, camisa branca impecável, costume de uma época. Sapatos pretos engraxados e lustrados até assumirem o brilho de espelho.

Não vivia só de diversão, tinha suas responsabilidades: trabalhava de oficial alfaiate, profissão que aprendera aos doze anos, por imposição de pai e mãe, que se preocupavam em garantir-lhe um futuro digno. No começo, não gostava, sonhava em ser pugilista ou tocar saxofone, como os músicos negros americanos que assistia nos filmes de Hollywood quando levava alguma de suas namoradas ao cinema. Depois, pegou gosto se tornando um profissional requisitado. Além da vantagem de ter dinheiro para os seus prazeres, suas roupas eram confeccionadas com requintes nas alfaiatarias em que trabalhava, transformando-o no negro mais elegante das festas.

Quando se sentava ali, passava o filme de sua vida, e ele, como diretor, roteirista e protagonista, selecionava as passagens prazerosas para exibir na tela do seu íntimo. De vez em quando, a memória o traía e o levava para recordações, o envolvendo em melancolia. Nesses momentos, os olhos lacrimejavam, dava um aperto no peito. Com a respiração entrecortada, assumia o autocontrole e lembrava do dia de seu primeiro casamento, com a única mulher que amou de verdade, como dizia, apesar de uma lista considerável de namoradas e amantes e de ter se casado mais duas vezes.

Quando se casou com ela, foi por amor e para seguir as orientações de seu pai, pois, para ser homem decente, responsável, não havia outro caminho a seguir, teria que ter um lar, mulher e filhos. Era o certo a fazer, por mais que gostasse de uma vida de aventuras, o que nunca deixou de ter fora do casamento. Constituiu o que exigiam de um pai de família. Com três filhos, trabalhou para garantir comida, educação, um teto seguro, respeito na vizinhança, tendo a seu lado uma mulher forte, que o estimulava, repreendia, incentivava. Na ocasião em que ela veio a falecer, ele sentiu-se perdido, despedaçado, sofreu.

Filhos crescidos, cada qual procurando seu rumo, viu-se livre para retomar os caminhos de quando era solteiro, mas sentia-se vazio, se casou novamente. Não se acertou com a segunda esposa, esperava dela a determinação da primeira. Não encontrando, divorciou-se. Apesar de ter atingido a idade cinquentona, nunca deixou de cultivar, com vaidade, a elegância. Exercia seu charme galanteador, atraindo amigos com sua boa prosa e o interesse das mulheres. Casou pela terceira vez. Forjou felicidade tendo uma prole de seis filhos, plano que sonhou ter com a primeira esposa.

Com o passar do tempo, a memória o traía com frequência, lhe fazendo reviver tristes lembranças. Para cada amigo que morria, um pouco de sua alegria se esvaía. Tornara-se longevo, alcançou a idade de noventa e dois anos. Vivenciou os fatos que impuseram as grandes mudanças no mundo. Testemunhou, através dos jornais, rádio e televisão, os acontecimentos marcantes: a Segunda Guerra Mundial, a ditadura de Getúlio Vargas, a marcha pelos direitos civis nos Estados Unidos da América, a mudança dos costumes com a revolução cultural da década de 60.

Sentado na cadeira predileta, espera a passagem do tempo e a vida seguir, deixando a memória vagar ao bel-prazer. A casa construída com os frutos de seu trabalho, compartilhada com filhos, netos e bisnetos, noras e genros, não o afastava do sentimento de solidão. Eles, sem paciência para ouvi-lo contar suas histórias, o chamavam para o banho, ajudando-o a caminhar em seus passos sem o vigor de outrora. Ofereciam um prato de comida, que ele degustava só, ao som da televisão. Seus olhos embaçados não conseguiam mais distinguir as imagens.

A CEGA E A NEGRA – Uma fábula

Observava a aranha em suas peripécias acrobáticas. Pendia do teto num estranho equilibrismo. O fio que a sustentava, tênue, invisível. Os olhos hipnotizados acompanhavam o sobe e desce do inseto. Às vezes, a pequena aranha, como para provocá-la, descia próximo à sua cabeça e, com movimentos rápidos e graciosos, retornava, abeirando-se do teto. Poderia ficar ali horas, dias, meses a fio. Ela e a aranha tecendo fios infinitos, brincando com a gravidade. Cecília tecendo fios invisíveis, aranha fabricando fios reais.

Olhos fechados, absorta, pressentia a aranha movimentar-se em silêncio. Manhã de um inverno tipicamente tropical. O sol, envolto em nuvens, não aquecia. O vento matinal cortava o espaço, batia na janela, como pancadas de alguém que pede para entrar. Entrar! Ali residia o mistério das coisas. Entrar, apenas uma ação. Sair, outra ação. Ações desconhecidas para a aranha no seu sobe e desce, não entrava nem saía... tecia em acrobacias. Acrobacias determinadas pela magia do fazer, e não do viver. Ela e Flora faziam acrobacias do viver, dependuradas num fio aparentemente tênue da vida. Fio invisível, resistente, frágil.

Abriu os olhos, a aranha tecia. Um fio branco saído de suas entranhas unindo-se a outros. Cecília igualou-se àquela criatura. Um estranho destino as unia naquele espaço. Pensou em Flora. Chamava-a assim por nunca ter entendido por que lhe deram o nome Floresta

Brasileiro. Quando se apresentaram, guardou um sorriso de deboche e de curiosidade, retendo a pergunta: por quê? Floresta a intrigava com a forma como via o mundo. Via? Floresta não via, era cega. Movimentava-se nos espaços como se os soubesse por definição. Flora e Cecília, um acaso as colocara um dia frente a frente.

Cecília olhava a aranha no teto, espantava o pensamento difuso. Hoje estava cansada de acrobacias, recusava-se a seguir o seu destino, tecer a própria teia. Encantava-se com o equilíbrio da aranha. Equilíbrio que ela própria achava ter perdido. Fazia uma semana que não via Flora. Conheceram-se num dia cotidiano. Cecília corria atrasada para pagar uma conta no banco. Previa que de novo aquela maldita porta giratória travaria para ela. Pelo alto-falante, ouviria a voz metálica: "Tem objetos metálicos? Celular? Chaves? Moedas?" Não, não possuía nada disso. Porém, passaria pela situação vexatória de abrir a bolsa e procurar. Ou melhor, fazer-se de quem procura o que não perdeu. Depois, olhando para o segurança apreensivo, impor no rosto um semblante que se traduziria em "Tô limpa!".

Não entendia por que as portas giratórias não giravam na sua vez de adentrar o recinto. Passou a não portar mais bolsa, somente o necessário nos bolsos. Mesmo assim, lá vinha a voz: "Tem chave? Guarda-chuva? Celular? Moedas? Objetos metálicos?" Naquele dia, rebelou-se, sem paciência em submeter-se, mais uma vez, ao constrangimento de ser barrada. Fora barrada quase que a sua vida toda. Naquele dia: "O escambau para tudo!!!" Parada a porta do banco, respirou fundo, numa atitude de "É hoje".

Entrou com uma força de romper paredes – levar tudo no peito, na valentona, como dizia sua mãe. A porta não travou, girou com a violência. Ela foi lançada para dentro do recinto. O corpo acostumado ao obstáculo, não o encontrando, projetou-se no espaço. Tropeçou na bengala de Flora, que caminhava dominando o ambiente, como se tivesse olhos nos pés. Para não a derrubar, instintivamente a abraçou. Gesto tido como ameaçador pelos seguranças, que a agarraram com truculência, protegendo o patrimônio bancário e a integridade de Flora.

Agora, a aranha já tecera geometricamente o centro de seu trabalho natureza. Flora poderia não ver a aranha tecer, mas sentia a vida tecendo destinos. Seu destino. Aparentemente frágil qual fio na teia, defendeu Cecília. Na confusão que se armara, era a única que via com nitidez dos sábios. Ordenou: "Solte ela!" "Mas, doutora...", tentou contra-argumentar o homem que a prendia pelos braços. Palavras ficaram no ar, inconclusa a frase.

Refeita do susto, desculpou-se com Flora, intencionada a livrar-se o mais rápido possível de nova situação aviltante. "Espere, eu lhe ajudo", disse Flora, dominadora. "Ajudar?" Aparentemente frágil na sua escuridão, ajudá-la, como? Cecília aspirou o ar, suspirando resignada. Guiaram-se até um assento. Acalmaram-se. Apesar de ela não demonstrar, o esbarrão abalara Flora de forma inquietante. O gerente mandou servir cafezinho para a doutora, sinônimo de boa conta, sem alternativa, também para Cecília.

A aranha, no seu crochê incessante, ia e vinha, tirava de dentro das entranhas a linha para o artesanato, ao qual estava fadava para sempre. Cecília pensava em Flora e no dia em que os seus estigmas se encontraram. "Para que aquele encontro?" Nunca lhe serviram cafezinho no banco, o que a recepcionava sempre era a voz metálica, após a trava da porta giratória. O mundo girava para todos, para ela travava.

A amizade fortificou, pareciam amigas antigas, prenhes em cumplicidade e camaradagem. Viajavam. Passeavam. Cecília explicava para Flora o mundo da visão. A fazia ver a beleza de um sol poente derramando-se sobre o mar, com suas cores de mistérios. Interpretava a escuridão da noite com estrelas verdadeiras e falsas – as luzes dos edifícios – misturadas no céu. Às vezes, Flora guardava a bengala-guia, perambulavam pelas calçadas, ela apoiava-se no braço e enxergava através dos olhos da amiga. A solidão da escuridão, naqueles momentos, transformava-se só numa triste lembrança. Dependiam-se. Por sua vez, Cecília livrava-se das travas das portas do mundo. Os porteiros, os seguranças com salamaleques abriam as portas, envoltos em sentimentos de piedade e puxa-saquismo. Comentavam essas atitudes e riam, riam e riam da hipocrisia do mundo.

    Certa feita, jantavam numa cantina estilo italiano. Cecília, embalada pelo torpor do vinho, tagarelava à solta, descrevia as pessoas ao redor nas mesas. Flora se divertia como criança que redescobria o mundo. A um dado momento, pediu para a amiga guiá-la até o banheiro. Ao passarem por entre os fregueses do restaurante, um deles resolveu interpolar-lhes o caminho. Avançou sobre Cecília, como se ela fosse invisível. Acostumada a essas atitudes, se preparou para dar-lhe a passagem, para não serem atropeladas pelo homem, maior e mais forte que as duas. Com o corpo, protegeu o da amiga. O garçom, com um discreto meneio de cabeça e comunicação sutil entre olhares, avisou ao homem que ela guiava uma cega. Ele desobstruiu o caminho andando de afasto, gesticulando, como quem se desculpa.

    A cena se deu na sutileza dos olhares. Flora nada percebeu. No entanto, notou que a amiga, ao retornar à mesa, ficou muda. Aquela alegria de quem está à vontade desvaneceu. Somente mais tarde, no carro que pertencia a ela, mas dirigido por Cecília, a amiga lhe contou o ocorrido. Por mais que Flora perguntasse o motivo da tristeza, ela não revelou. Não saberia explicar, naquele momento, o turbilhão que passava em seus pensamentos.

A aranha terminou sua teia. Parou, cansada da tarefa árdua a que estava predestinada desde sempre e para o sempre. Dessa teia dependia a sua vida, breve vida das aranhas, tecendo úteis e frágeis belezas simétricas, despercebidas na voragem do cotidiano. Beleza. Era isto: beleza! Cecília e Flora teceram sua amizade nas teias do viver. Transformaram o destino árduo, os estigmas, como insistia em afirmar Flora, no prazer de ver. Isto: ver! A aranha supera-se a cada teia, por mais que a simetria dos fios pareça sempre a mesma.

Cecília ligou para Flora. "Alô... Descobri o segredo da teia." Flora respondeu: "Ainda bem, eu já sabia." Emendou: "Almoçamos amanhã."

(RE)ENCONTRO

Presentes no evento, comitivas vindas de vários estados do Brasil e de outros países. A mediadora anunciava o nome das debatedoras e o tema da mesa. Angela Davis, convidada especial, aguardada com expectativa, não havia chegado. Comentava-se que talvez fosse um ardil para atrair o público, prática que se tornara frequente. Depois, com pedidos de desculpas, alegariam um impedimento qualquer.

Raquel, de um ponto estratégico, observava os semblantes, roupas, olhares, meneios de mãos. Reconheceu a geração que, como ela, acreditou no Black is Beautiful, participou da luta contra o racismo, fez abaixo-assinados, petições, assembleias, passeatas e gritarias nas ruas. Nos rostos, percebiam-se as marcas do tempo: os cabelos outrora ostentaram a estética revolucionária; agora, brancos ou tingidos, seguia os últimos ditames da moda. Ela conservava o penteado, estilo do final dos anos 60, que lhe transmitia sensação de liberdade e resistência, como naquela época.

Passou a evitar os eventos, considerando variações sobre os mesmos temas, optou por trabalhar com dois núcleos – meninas prostituídas e meninas drogadas – na comunidade de seu bairro. Ao procurar os antigos amigos, que passaram a ocupar cargos no escalão das várias esferas governamentais, nada conseguiu. Através de contribuições modestas de igrejas católicas, evangélicas, terreiros de candomblé e de umbanda, mantinha o programa, dedicava-se com afinco.

Ao receber o convite, titubeou, mas ponderou ser a oportunidade para conseguir recursos, contratar profissionais especializados e melhorar o atendimento. Entristecia-se com a realidade das drogas, roubando as esperanças, os ideais. Não conseguiu resistir, ouviu a própria voz ao telefone, dizendo sim. Sentiu renascer, dentro de si, aquela que acreditara na força do cabelo, punho fechado esmurrando o ar, gritando palavras de ordens.

Chegou ao hotel. No saguão, avistou Regina. A pele dourada parecia banhada em sol, conservava o viço que ela nunca esquecera. Tomava água de coco. Ao vê-la, sorriu, distribuindo o brilho das pérolas cultivadas no fundo do oceano. Raquel relembrou momentos da juventude. Aproximou-se, corações aos pulos, e abraçaram-se, ela sentiu o suave perfume almiscarado. Sem dizer palavras, uniram as mãos.

MAIS UM DIA. SÓ MAIS UM DIA

Duas horas e meia da madrugada, ouvi a porta de entrada do apartamento abrir, depois fechar num ruído seco e cuidadoso, por alguém que não quer ser flagrado. Há quase um ano ela cumpria essa rotina, certificava-se de que eu dormia. Eu fingia. Sorrateira, saía. Achei, a princípio, que fosse necessidade de respirar o ar da noite, sentir-se livre. Conheço os artistas, procuro entender a busca de inspiração. No caso dela, a arte tornou-se uma imposição do emprego, obrigada a conceber peças comerciais para a venda de produtos, o que a frustrava.

Mas, com o tempo, imaginei uma traição. Acredito em relacionamentos honestos, aguardei com paciência o momento em que ela me contaria. Eu, impondo-me uma compreensão, diria: "Tudo bem. É isso que você quer? Faça o que lhe faça feliz." Eu aguardava, fingia dormir. Ela voltava, me acordava, com um sorriso dissimulado, contando mentiras. Pedia dinheiro que nunca pagaria de volta, forjando a necessidade de um novo equipamento.

Concedia, o seu trabalho dependia de contratos, quase sempre verbais, dos quais eu nunca via um centavo sequer. A rotina se tornou doentia: eu fingia dormir, ela saía na madrugada. Voltava, sedutora, carinhosa, pedia mais dinheiro, um sapato novo ou uma roupa. Minhas economias findavam, o meu rendimento não dava conta de sustentar duas pessoas e pagar as despesas da casa. Pensei que talvez eu estivesse sustentando três. Passei a negar-lhe dinheiro: "Não tenho, as coisas andam ruim lá no escritório."

Desagradada, não esperava mais que eu dormisse, saía sem nada dizer. Batia a porta, eu ouvia o ruído seco, os passos se afastando, o elevador descendo. Acordada, o silêncio penetrando as paredes, apreensiva aguardava. Ela só voltava depois que eu me ausentava. Ao regressar, eu encontrava a casa em desordem, pratos e xícaras quebradas atiradas ao chão. Entre os cacos, ela ostentava um olhar desafiador, misto de satisfação, vingança e desolação.

Eu, calada, recolhia os pedaços espalhados, pensava no encantamento que senti no dia em que ela entrou na minha vida. O sorriso inocente iluminava o rosto, o detalhe das covinhas marotas no canto dos lábios, ao dizer uma inverdade. Esperancei-me com o futuro, mas, com o tempo, ela emagreceu, perdeu o viço. Hoje decidi, não vou limpar a bagunça, vou fingir que durmo. Quando ela pegar qualquer roupa espalhada, aprontando-se para dirigir à biqueira, surrupiar o meu celular novo, para trocar por mais um tiro ou uma carreira, vou matá-la.

YA

Ya disse que, para manter o equilíbrio com a vida, as obrigações eram necessárias, os orixás ajudariam sempre. Eu, às segundas-feiras, apanhava as folhas no quintal, macerava e me banhava. Colocava as ervas para secar, recolhia as secas, preparava a mistura para defumação. Refletia sobre os cuidados que nos mantiveram vivas. As que vieram antes, que ensinaram as que vieram depois, até chegar a mim. Sempre foram tantos perigos a nos rondar, ameaçando nos levar. Hoje os perigos espreitam nas esquinas. Muitas se foram, mas muitas ficaram. Por que ficaram?

Não discordava da Ya, afinal ela havia ficado. Acordava muito cedo, resquício da vida passada na roça, como dizia. Sentava-se ali nos degraus da escada, ficava matutando, matutando. Falava: "Filhos? Tenho muitos, netos também. Bisnetos, perdi a conta. Muitos estão aqui, ajudando a criar os outros, mantendo a tradição. As ervas é que nos curam, nos mantêm vivos. Os outros? Se foram nos caminhos do mundão. Não se perderam, não. Não, isso é que não. Estão fazendo outras histórias. Zeferina entrou para a faculdade, sempre teve muita cabeça essa menina. Agora tá lá, ensinando os outros. E meus bisnetos, os filhos dela, estão moços e têm o gosto pela leitura. Um deles vai estudar no exterior... Sabe, não acabam com a gente, não. Tem que crer nas ervas. E você, minha trineta, vai aprender, é moça de boa cabeça, como Zeferina. Vá apanhar as folhas. Vá, banhe-se e venha sentar aqui com a sua Ya."

Quem era eu para discordar? Ya sentada nos degraus da escada, fumando o cachimbo com as ervas que eu apanhava. Secas ao sol, eu as pilava até se tornarem um pó fininho. O cheiro bom, em pequenas lufadas de nuvens de fumaça, impregnava o ar. Um dia Ya se foi, como fumaça que desprendia do cachimbo. Hoje, não apanho mais as folhas. Sentada nos degraus, cachimbando a matutar, sou a Ya.

RENASCIMENTO

Tentei de tudo, a minha mesa ao lado da cama parecia uma drogaria. Afastada do trabalho, em auxílio-doença, a minha vida era ir ao médico. Ficar em filas intermináveis para consulta e pegar os medicamentos na farmácia. Quando não encontrava, lá iam os meus poucos recursos financeiros. Não achavam o motivo para os meus males, dor no corpo todo, a cabeça girava, e uma dor latejante me atacava pelas manhãs e pelas noites. Dormir só por conta dos comprimidos, cada vez mais fortes, me deixava imprestável, dormia o dia inteiro. Meus filhos, no começo, se preocupavam, mas, com o passar dos anos, se acostumaram a uma mãe que não prestava mais para nada a não ser doer, seguiram com suas vidas. Os três meninos se casaram, visitavam-me de quando em vez, rareando a presença com o passar do tempo.

A caçula ficou, eu via no seu olhar o desalento, e uma ponta de esperança de que um dia eu voltasse a ser aquela mulher cheia de vida que a ajudava nas tarefas da escola, contava estória, trançava os seus cabelos com cuidado para não imprimir dor. Ela se dedicava, insistia para que eu reagisse, mas os seus olhos esperançosos ofuscavam-se com desalentos. Uma manhã, eu a ouvi chorando no quarto e a dizer ladainhas: "Mãe Nanã, senhora dos orixás, mãe das mães, cuida de minha mãe, a embale, faça reviver a vida que sei que está lá adormecida." Saiu, enxugando as lágrimas. Eu fingi que dormia. Chorei.

Entrei em seu quarto, deparei com uma vela acesa, flores, um colar de contas que faiscavam com o tremular da chama da vela, uma esteira de palha enrolada.

    Num ímpeto, desenrolei a esteira, estendi no chão e me deitei, esqueci de tomar os comprimidos. Eu não acreditava em mais nada a não ser nas dores que me acometiam. Sabia que estava viva, porque eu doía. Dormi, sonhei: uma senhora, me carregando em seus braços, me colocava no chão e me cobria de lama. Senti um frescor, um alívio. Fiquei ali deitada, não sei quanto tempo, só acordei quando Vera, minha filha, voltou do trabalho. Ao me ver ali, com a respiração tranquila, aguardou até que eu acordasse. Eu a via, me via. Num determinado momento, a senhora, em meus sonhos, levantou-me, banhando-me em águas frescas. Acordei, Vera me abraçou. "Voltou, mamãe?"

QUÍMICA OU FÍSICA

A música rolava com a animação própria dos carnavais em Salvador. Comprei meu abadá. Esse ano, não ficaria do lado de fora das cordas, que era um empurra daqui um puxa de lá, se transformara num lugar perigoso para mulheres. Os boyzinhos lá do Sul, sem respeito nenhum, se atreviam em ousadias, passavam a mão na bunda de qualquer uma, ou de qualquer um. Às vezes, rolava uma confusão quando um negro taludo, aviltado na macheza, resolvia meter a porrada na cara dos atrevidos. Às atrevidas eles retribuíam o afoitamento. As patricinhas se soltavam em safadezas nos braços do homem afrodescendente baiano, para provar do tempero.

Mas, este ano, eu fiz diferente: juntei o dinheiro e me produzi africanamente. Era o meu momento de rainha, cantava e dançava a minha ancestralidade, do lado de dentro da corda. Estava lá toda linda, sentindo a vibração. "Não me pegue. Não me toque. Por favor, não me provoque. Eu só quero ver o Ilê passar por aqui." Seguia dançando, cada gota de meu suor era como se colasse os meus fragmentos. Eu estava inteira. Ao chegar no final, encontrei Luiza, sua pele reluzia alegria. Uma atração invisível nos aproximava. O seu sorriso branco, farol clarão, me guiava até ela. Não resisti, ela era a noite faiscante de estrelas a me envolver. Dançamos uma em frente à outra, uma para outra, coreografamos emoções. Transformamos os versos da letra da música. "Me pegue, me toque, me provoque. Lhe encontrei, ao passar do Ilê, por aqui."

TAMBORILAR

Tereza era minha chefe. Educada, não levantava a voz, tratava-me com cortesia, mas tinha uma mania irritante: tamborilava com a ponta dos dedos sobre a mesa. Isso só ocorria quando estávamos sozinhas no escritório, no almoço, ou quando, ao sairmos do trabalho, íamos tomar umas cervejas antes de nos dirigir à estação do metrô. Nos finais de semana, não nos víamos, nossa amizade restringia-se ao coleguismo, porém estreitava-se, dia após dia. As conversas banais e triviais evoluíram para as confidências de intimidades.

A partir daí, passei a perceber o tamborilar de Teresa e a notar o contorno peculiar de seus lábios carnudos, que pareciam estar ofertando um beijo, que ficava no ar e não atingia o alvo. Na sexta-feira, no final de expediente, estávamos bebericando, sem pressa de retornar para casa. Seus dedos se agitavam ritmados, tangendo a mesa, como um instrumento. Num sem-querer, tocou o meu braço, excitando-me, um arrepio me percorreu. Sem esboçar reação, fingi naturalidade. Ela continuou diminuindo, intensificando o ritmo, como querendo extrair melodia da minha pele arrepiada. Com a mão espalmada, alisou meu ombro, não resisti, me aproximei, a beijei, seus afagos tamborilavam minhas costas. Hoje acordei em sua casa, em sua cama, ela me dedilhando.

MINHA FLOR, MINHA PAIXÃO

Eu estava indo à Santa Casa. É que eu sou doente, sabe, problemas do coração, vou lá várias vezes. Mas tem dias, como hoje, em que não consigo chegar, passo mal no ônibus e tenho que descer. É raro alguém como a senhora me ajudar, ficando ao meu lado, até eu recuperar o fôlego e essa tonteira passar. Dona, obrigada! Não, não tenho ninguém. Sim, moro com um homem alto, olhos claros, cabelos castanhos lisinhos, lisinhos. Ele foi meu galã, minha flor, minha paixão, agora está velho, moro com ele há mais de vinte anos... Mas não tenho ninguém, não. Tenho um filho de vinte anos, peguei para criar. Sabe? Um mulatinho, salvei ainda bebê. Sua mãe, loira, bêbada, engravidou de um negro muito bonito, ela tentou jogá-lo em um bueiro num dia de chuva forte... Eu o salvei! Sobreviveu, é um rapagão forte, faz até judô, mora comigo também. Mas eu não tenho ninguém.

A senhora não entendeu? Ah! Essa tonteira voltou... Fica mais um pouco comigo? Tenho medo de caminhar assim, sem saber se o chão está parado no lugar, não sei onde coloco os pés. Não tenho medo da vida nem do trabalho, já trabalhei duro. Sustentei aquele homem, pelo qual me apaixonei, a flor da minha vida. Lindo, arrumado, de unhas aparadas, cabelo cortado e sempre de terno, sempre alinhado. Meu galã inteligente, estudado, até hoje está no emprego que arrumei para ele. Às vezes, acho que essa tonteira, essa dor no coração é por causa dele, minha paixão, minha flor, meu galã.

Ele me procurava uma vez a cada dois meses, sabe, essas coisas de sexo. Eu achava normal, nunca tive homem antes. Não sabia dessas coisas. Agora eu sei. E como sei! Não dormia na mesma cama, dizia que roncava muito, não queria atrapalhar o meu sono. Nessa época, começaram as tonturas, os médicos diziam brincando que era falta de sexo. Eu não sentia vontade, só essa tontura. Eu tinha meu galã, minha flor. A senhora acredita em feitiço? Acho que eu estava enfeitiçada, só tinha olhos para ele. Minha vida era ele. Trabalhava, entregava tudo para ele. Sentia um grande prazer ao vê-lo sair arrumadinho, dirigindo o meu carro para trabalhar. Voltava tarde, perfumado, com uma desculpa qualquer. Eu não desconfiava de nada.

A senhora não acredita em feitiço? Eu acredito em exu, sabe? Não, não... não, exu não é uma entidade má! Não é! Ele faz o que se pede. Pedimos o bem, ele faz. A senhora acredita? Minha flor usava exu para me enfeitiçar, cegar, para eu não desconfiar de nada. Já tive muito dinheiro com meu trabalho, além dos bons presentes, dados pelos meus patrões, entregava tudo a ele. Hoje moro mal, numa casa de aluguel, com ele e meu filho... Ah! Essa tontura de novo. Não, não se vá! Fica mais um pouco comigo. A senhora está sem tempo? Quer saber aonde eu vou chegar com essa história? Essa história não acabou, assim como essa dor no meu coração, não quer acabar nunca.

Um dia, íamos fazer compras, ele precisava de roupas novas para se apresentar bem no emprego, afinal era homem estudado, trabalhava como contador. Estávamos no meu carro, outro veículo nos fechou. Ao volante, um homem alto, quase dois metros, tão alto quanto o meu galã, desceu do carro me desacatando. Eu, sentada no banco do carona, não entendi, ameacei enfrentá-lo. Minha flor se descontrolou e me impediu. Meu lindo estava emocionado, pedia para eu não sair do carro, não dar ouvidos ao altão que, fora de si, parecia fazer uma cena de ciúmes. Nesse dia, dona, exu abriu os meus olhos, passei a supor que alguma coisa não ia bem. Minha paixão não permitia que eu atendesse o telefone, estava sempre nervoso. Ele respondia a ligação, pedia para eu me retirar da sala, falava sussurrando, saía apressado, como quem vai tirar o pai da forca, voltava cabisbaixo, inquieto.

Exu abriu meus olhos naquele dia, no incidente na avenida. Passei a seguir meu galã. A senhora não pode imaginar o que presenciei. Ah! Essa tontura de novo. Essa dor no peito. Espere um pouco, tenho que respirar. Falta-me o ar, da mesma forma que me faltou naquele dia. Ah! A senhora não está mais com pressa? Quer saber o que aconteceu? Espere mais um pouquinho, por favor! Vai passar, pronto, estou refeita, obrigada. Sabe, foi um inferno. Vi o meu carro azul parado num lugar ermo, num campinho improvisado nos domingos para jogos de futebol. Aproximei-me devagar, olhei pelo vidro. Ah! Quis morrer, perdi o fôlego. O meu galã, minha flor, minha paixão transando com aquele homem alto que me desacatou, e fazia o papel de mulher.

Se ele é gilete? Não, é viado mesmo. Olha, não me leva a mal, não tenho nada contra os viados. Sabe, os gays que se assumem, que se aceitam como são, escolhem viver a vida deles, encontram companheiros e passam a conviver bem. Não fazem os outros sofrerem. Não tenho nada contra. Mas minha flor me traiu. Usou todo o meu dinheiro para montar casa para o grandão. Mentiu, fingiu ser o que não era. Ali, transando no banco traseiro do meu carro. Fazia mais de mês que não me procurava na cama. Ah! Senhora, minha vista escureceu. Esmurrei o capô com toda a força da minha raiva. Eles se assustaram, o grandão saiu correndo e levantando as calças. Talvez, no escuro, imaginou ser a polícia. Sabe, a polícia, às vezes, dá umas batidas por lá, para assustar os casais de namorados.

A senhora quer saber aonde eu vou chegar com essa história? É que a história não acabou, assim como a dor no meu coração não quer acabar nunca. Ah! Essa tontura de novo. A senhora não entendeu? Não, eu não tenho ninguém. Não se vá! Fica mais um pouco comigo. Ouça-me!

QUIETINHA

Silêncio, ela não pode nos ver assim. Por que mamãe chegou mais cedo? Poxa, nem avisou. Essa é uma brincadeira só nossa, eu já falei para você, ela não vai entender. Vai colocar de castigo. Vai brigar comigo por fazer isso. Mas eu sei, você gosta, se não gostasse, não viria aqui no meu quarto pedir. Silencie, não faz barulho. A gente sabe: primeiro, ela vai ao banheiro tirar os sapatos apertados. Lava o rosto. Reclama do cansaço. Aliviada, procura por nós. É o tempo que precisamos para não nos flagrar em nossa brincadeira. Só nossa! Mas por que será que chegou antes do horário? Não foi ao banheiro, está procurando por nós. Ih! Não vai dar tempo, ela vai perceber. Vamos nos esconder dentro do guarda-roupa.

Será que alguém contou? Ela veio dar flagrante? Mas só estamos nos divertindo um pouco. Abriu a porta do quarto. Sabe que estamos aqui nos escondendo. Não tem saída! É bronca na certa, nos chama: "Pedro, João, onde vocês se meteram? Pedro, João, venham aqui, já!" Agora estamos fritos, João! Temos que sair. Ela vai saber o que fazemos na sua ausência. "Saiam do guarda-roupa, agora! Coloquei câmera. Eu sei. Vocês se vestem com minhas roupas, usam o meu batom, ficam rebolando frente ao espelho. Saiam!" Saímos, deparamos com mamãe, segurando dois grande embrulhos. "Daqui em diante, se quiserem brincar de teatro, usem suas próprias vestimentas." Nos entregou os pacotes com roupas, maquiagem e figurinos.

MALA

Ester alisava com as mãos as roupas, dobrava uma a uma com esmero, arrumava, cuidadosamente, dentro das malas. Preparava a mudança, a cada detalhe, com paciência. Quem a visse conjecturaria ser uma atitude intempestiva, apesar de seus gestos demonstrarem calma e determinação. Quem a conhecia nunca poderia imaginar que seria capaz dos atos prestes a acontecerem. Afinal, o casamento durava dez anos, pautado nos velhos moldes, nos quais a mulher aguenta tudo e o homem faz o que lhe dá na telha.

Ela terminou de arrumar a primeira mala, fechou e acomodou do lado de fora da porta de saída. Retirou o restante das roupas das gavetas e as transferiu para as outras duas bagagens, como se estivesse prestes a empreender uma longa viagem, as dispôs ao lado da primeira. Olhou o relógio, que marcava a hora próxima de Antônio chegar. Colocou as malas na calçada. Ele ficou dois dias fora, com a desculpa de trabalho, que ela sabia não ser verdadeira. Tomou um banho demorado, vestiu-se de forma esmerada, maquiou-se e aguardou, até vê-lo surgir no começo da rua, sem pressa com seu caminhar gingado.

Antônio a sorrir, escorado na certeza de que seria perdoado por mais uma escapadela, aproximou-se da casa, à distância de dois passos, pronto para abraçá-la, desculpar-se com mais uma história inverossímil. Mas, com estranheza, percebeu as três malas na calçada. "Será que ela iria embora?", resmungou. Mas logo se refez, convencido de que lhe faltaria coragem. "Não, não, ela não é chegada a esses arroubos." Dono da situação, viu, perplexo, Ester abrir as malas, jogar etanol e colocar fogo nas roupas dele, ali no meio da calçada. Segurando a garrafa com líquido inflamável, ela entrou, trancou o portão, do meio do quintal gritou, enquanto as chamas devoravam a presença de Antônio: "Não volte mais, seu mala! Sobrou esse tanto aqui", sacudindo o recipiente numa mão e, na outra, um isqueiro. "Você viu o que eu faço com malas." Voltou para dentro de casa, trancou a porta, havia trocado a fechadura. Abriu uma cerveja e ligou a televisão.

ZUNZUNZUM

Burburinhos vindos lá, do não sei onde, da rua. Um corre-corre na vila, os curiosos inquietavam-se para saber como terminaria a história do Guedes e, quando o viram descer do ônibus, garboso, carregando uma mala pesada, logo imaginaram que teria zunzunzum. Era muita cara de pau dele voltar assim, sem mais nem porquê, como se não se tivessem passado dez anos. O sorriso continuava o mesmo. Simpático, cumprimentava os que o arrodeavam, sem ousarem a perguntar nada, mas cochichavam: "Vai ter zunzunzum. Ora se vai. Onde já se viu?" Eu corri para ver, afinal as novidades sempre me atraíram. Não sou fofoqueira, mas gosto de observar a vida alheia. Não por diversão, isso não. Não sou dessas. Nem por curiosidade... Bom, talvez por curiosidade, mas não dessas tolas. Eu olho, anoto num caderno que deixo bem escondido.

Anotar para não esquecer, não que eu tenha problema de esquecimento. Mas as pessoas, às vezes, esquecem o que fazem, ou fingem esquecer. Eu anotei o dia em que Guedes se foi sem se despedir, pegou as tralhas e saiu, chovia muito. Arminda na porta, com os olhos tão molhados como a calçada que ele pisava. Não houve briga nem xingamentos. Talvez um simples "cansei", sem maiores explicações. Assim, do jeito que foi, voltava, pisando a calçada, no sentido oposto à enxurrada de nada que o levou um dia. A mala que carregava, desta feita, maior e mais pesada, instigando-me a saber o que trazia. Não era o que levou? Talvez sim, talvez não.

Arminda, avisada, não esboçou reação. Seu olhar, que um dia se inundou, acostumou-se com a seca, nem mais chuviscos. Postou-se frente à porta o aguardando. Ao chegar, colocou a bagagem na soleira. Entreolharam-se. Só se entreolhavam, sem gestos, sem sorrisos, sem palavras, sem zunzunzum, frustrando a expectativa daqueles que o seguiram rua acima, bem como dos que esperavam ao lado dela. Desfazendo o impasse, ela abriu a porta, o fez entrar. Um cheiro bom de comida, a sala estava diferente desde sua partida, havia luz, cores, uma insuportável felicidade no ar, que não esperava. Ouvia-se, vindo da cozinha, a voz de uma mulher, que, ao entrar na sala, enlaçou com carinho a cintura de Arminda. Ao lado das duas, uma menina de tranças, parecida com ele, aparentava dez anos de idade. Surpreso, Guedes entendeu o que abandonara, saiu mudo como chegou. A mala pesada ficou esquecida na entrada da casa. Anotei em meu caderno, esse não volta mais.

LEMBRANÇAS DO AMANHÃ

Para Cátia Maria da Conceição

Estava a olhar pela minha janela quando um gavião-carijó, num trinado de arrepiar, me avisou que o amanhã mandava lembranças. Para mim, que sou chegada desde criança a imaginar que as coisas e os animais trazem mensagens, é só prestar atenção para decodificar. Aliás, eu gostava muito de brincar com as minhocas, cortava-as ao meio para ver as partes seguindo uma para cada lado, se refazendo em dois novos seres-minhocas. Uma brincadeira infantil, misto de curiosidade e sadismo; afirmam os psicólogos que é próprio do instinto de aprendizagem das crianças, mas, se se perpetuar na idade adulta, é disfunção ou doença mental. Ficava imaginando por que os seres humanos não eram assim: quando se arrebentassem, pudessem se refazer e se transformar em dois iguaizinhos. Já pensou que legal, se revezar, livrar-se das coisas desagradáveis?

Elucubrava, o pensamento a vagar em difusas passagens do passado, onde a veracidade não depende tanto dos fatos, mas das interpretações; estabelecer-se como protagonista de uma história que você não viveu, mas presenciou como espectador passivo dos fatos. O pássaro trinava, como um agouro. Inquietei-me. Considerei as experiências desagradáveis como coisa do passado, que acreditava ter abandonado. Mas o passado não passa, permanece como cicatrizes de lembranças; atravessei cidades para reconstruir-me. Desejava restituir a vida que ele me havia roubado.

Não sei como permiti aquela invasão. O tempo transcorria, eu não percebia. Só me dei conta quando o chão parecia fugir dos meus pés. Não me via mais, tremia só de imaginar seus passos subindo as escadas. Por tudo, por nada, eu poderia ser alvo de bofetadas, depois carinhos brutos, sexo sem prazer, resultando em marcas de seus dedos, iguais a tatuagens vermelhas arroxeadas, que sumiriam após dias. Foram anos sendo cortada ao meio, como as minhocas com as quais eu brincava, só que eu não me transformava em dois seres-mulher. Eu só me arrebentava, o outro pedaço de mim se entranhava cada vez mais fundo no meu ser, com vontade de gritar, matar, fugir, mas se calava até ficar mudo.

Às escondidas, procurei ajuda. Não era fácil driblar sua vigilância obsessiva, que regulava até meus pensamentos. Permitia que eu fosse trabalhar desde que lhe entregasse o meu salário integral. Deixei de comparecer ao emprego por uma semana, por não conseguir disfarçar com maquiagem as marcas deixadas em meu rosto. Aleguei inchaço por uma alergia qualquer, consegui um atestado. Ao retornar ao trabalho, numa coragem própria daqueles que não aguentam mais, tive uma crise de choro e me abri para a minha chefe, cuja esposa era terapeuta. Foram meses de sessões sem que ele soubesse. Chorei, chorei muito. Chorei, chorei tudo.

Depois de um ano, me sentia refeita na minha metade apartada e escondida dentro de mim. Propus a minha chefe e agora amiga transferência para a filial de uma pequena e pacata cidade. Ele não me enxergava como pessoa, e sim como seu objeto de prazer, o que incluía as pancadas, que eu ainda levava, mas dessa vez para disfarçar meus planos. Numa noite, depois da bofetada, lhe servi a cerveja gelada, de que tanto gostava, temperada com um sonífero potente, receitado pela minha analista, para que eu pudesse ter algumas noites de sono. Calmante que nunca tomei, mas dei a ele, que dormiu o sono dos injustos. Não sei se exagerei, mas, enquanto eu fazia as malas, percebi que ele ronronava num som tênue.

 Parti livre e aliviada. Passado um mês, instalada na casa nova mobiliada a meu modo despojado, estabeleci novas amizades. Pela janela, observei, empoleirado num galho de árvore seco, o gavião-carijó, que, com seu trinado, pressagiou lembranças de um amanhã que se construiu em mim.

NÃO SE MATAM CACHORROS

Ouvia gritos no quintal da casa isolada, localizada no bairro tranquilo, comprada com a indenização paga pela empresa na qual trabalhou. Mulher bonita, um sorriso aberto sedutor, em contraste com a tonalidade de sua pele, iluminava seu rosto ovalado, emoldurado pelos cabelos cacheados curtos. Ressabiada, colecionava desilusões com os homens que, na intimidade, eram carinhos e afagos, mas, em público, a ignoravam. Sandra decidiu ser cautelosa, não mais se entregar a afetos restritos e dissimulados. Mantinha uma atitude social simpática de polida distância, impedindo aproximações indevidas, o que aguçava a cobiça dos colegas de trabalho. Tornara-se alvo de disputa, para saber quem destronaria sua "metides" arrogante, levando-a para cama. O herói sortudo que lhe quebrasse a crista ganharia as caixas de cervejas, uísques e quantia apostados, mas só se trouxesse provas documentais do feito. No entanto, as investidas eram infrutíferas, fazendo dobrar as apostas entre os frustrados conquistadores.

Ela se fortalecia em amor próprio, praticava ginástica, caminhadas pelas manhãs, academia de defesa pessoal, se expandia em beleza. Após o expediente, happy hour com as amigas no barzinho predileto, riam, relaxavam contando as experiências, rotina que preenchia seus dias. Ao conhecer Renata numa dessas reuniões, as suas noites se completavam na sofreguidão das carícias, às quais se entregavam ao retornarem para casa. Os homens, no entanto, não desistiam do intento de conquistá-la. Pareciam babar como cães raivosos, de olhos na presa, quando ela passava soberba, escudada em seu sorriso social, que a embelezava e, ao mesmo tempo, impunha distância. O seu chefe, Aderbal, era o mais afoito dentre eles, mal se controlava, aproximava-se dela acintoso, para sentir o perfume que o inebriava.

Branco franzino, olhos encovados, complexado com sua aparência, não perdia a chance de se gabar, na hora do almoço, junto aos funcionários. "Sandra está no papo. Pode escrever, vou embolsar a grana, abrir as garrafas e comemorar com vocês, seus perdedores." A zombaria era geral. Logo ele, sem os atributos necessários para ser conquistador, não teria como lograr sucesso onde eles haviam falhado. As provocações acirraram sua insegurança, suscitando o desejo de provar sua macheza. "Digo e afirmo, Sandra está no papo, desta semana não passa, vou trazer a prova para vocês. Não duvidem, suas maricas. É só questão de jeito. Aqui é homem muito macho. Vocês vão ver." Colocou a mão no meio das pernas e coçou o saco, com cara maliciosa. "Vocês vão ver. Isso aqui funciona. Não sou brocha como vocês, não."

Obcecado, preparou um ardil para vencer a competição e ganhar o troféu representado nas caixas de bebida e na bolada de dinheiro. Usando seu poder de chefe, colocou em prática seu plano infalível, exigiu que Sandra ficasse depois do expediente para fazer desnecessárias horas extras. Ela zelava por cumprir o trabalho no horário normal, ficando livre para o lazer e para os abraços amorosos de Renata, mas não podia descumprir as ordens e colocar em risco seu emprego. Contrariada por perder a conversa com as amigas, concentrava-se conferindo o dinheiro dos caixas, colocando nos malotes para serem depositados de manhã. Não havia mais ninguém, ela ansiava pelo fim do expediente, ir para casa e se entregar aos afagos da namorada. Assustou-se ao vê-lo adentrar a sala elogiando seu profissionalismo, prometendo promoção e aumento de salário.

Aderbal havia preparado o celular, deixando-o ligado, em lugar estratégico, para gravar a prova de sua conquista. Planejava editar e ressaltar as cenas picantes, se regozijar e receber o prêmio. Forçando postura sedutora, se aproximou. Sentindo o hálito alcoolizado, ela se esquivou com um meneio de corpo. Ele a agarrou proferindo palavras obscenas, tentava fazer com que ela o tocasse no seu pênis entumecido, fora da calça. Desvencilhando-se num safanão, deu-lhe uma cotovelada no olho direito, aplicou-lhe uma rasteira, derrubando-o no chão a gemer de dor e desapontamento, e saiu correndo. No dia seguinte, com o olho roxo, contava bravata, exibia fotos editoradas e montadas de forma que a transa parecesse romântica e consensual. "A gata é arisca, mas eu domei. Isso aqui são cicatrizes de guerra." Apontava para o rosto ferido. "Sabe como é, dá mais prazer. Mas as cervejas e uísque que beberei curam tudo." Ria acreditando na sua própria mentira.

Sandra chegou ao trabalho como se nada tivesse acontecido, percebeu os disfarçados sorrisos cínicos e maliciosos dos colegas, que a fitavam como um pedaço de carne no açougue a ser oferecido a outros fregueses. O que ninguém sabia era que a câmera de vigilância camuflada, para espionar os funcionários que manipulavam o dinheiro, seria a prova testemunhal, salvaria sua reputação. Quando o chefe da segurança assistiu aos ataques, sem cortes, primeiro se deliciou com as cenas, depois, cumprindo sua função, relatou os fatos graves ao superior imediato. Chamada à sala da diretoria, ela explicou que tomaria as providencias, processando Aderbal e a empresa. Diante da proposta de indenização e de exoneração do chefe, aceitou para evitar exposição, mesmo que isso significasse que deveria demitir-se. Com o dinheiro, comprou a casa e quatro cachorros da raça fila, arrumou outro emprego, foi viver com Renata.

    Inconformado, ridicularizado, desempregado, Aderbal prometeu se vingar. Descobriu o endereço dela e invadiu a casa. Os gritos que ouvia eram Zambi, Ganga, Zumba e Meia-Noite defendendo-a, atacando o intruso. Quando a polícia chegou, um corpo ensanguentado jazia no jardim. O sargento pediu para sacrificar a matilha. Sandra, em defesa de seus protetores, se recusou: "O senhor sabe, não se matam cachorros!"

UM SÓ GOLE

Enquanto os meus pés, levando-me, percorrem avenidas cravejadas de pedras, dirijo-me guiada pelos meus pensamentos. Não importa para onde vou. Eu vou. Eu ia me interrogando o motivo desse ato. Pensei em suicídio, várias vezes. Tenho medo. Muito medo. Não tenho medo de morrer, acho que é para isso que servem os suicídios. Sinto medo de viver. É por isso que existem os suicidas. Medo de viver. Medo da vida.

Os meus pés levam-me sem rumo, como sempre. Importam os rumos? Num estalo de segundo, percebi, eu estava margeando o rio Mandaqui, andando numa marcha abobalhada, de lá para cá, daqui para lá, como um soldado guiado por ordens de sargento. Meu sargento, quem era o meu sargento? Eu tenho medo da polícia.

Parece que vai chover. Meus pensamentos são nuvens, prontas a descarregarem suas balas sobre todos, até sobre os poucos transeuntes que, timidamente, se atrevem a movimentar os olhos distraidamente para mim. Tenho medo de meus pensamentos. Desconfio dos olhares.

As nuvens densas, carregadas de energias, continham-se. Eu me continha. Quieta. Eu sempre me contive, densa. Sempre montei prontidão nos meus atos. Sempre me contive densa. Sempre montei prontidão nos meus atos. Sempre silenciei os barulhos surdos do meu porão interior. Pensei em suicídio. Estou imóvel. Estar imóvel já não era a morte? Ficar energeticamente parada já não é suicídio? Estava carregada de energia, porém estática.

Será que vai chover? As nuvens estão lá, ameaçando. Densamente, movi os braços. As mãos balançando, de um lado para o outro, descompassadamente. Pensei em voar. Alcançar as nuvens. Sumir. Não saio do chão. O martelo da dúvida lateja minha fronte, desfecha impiedosos golpes como um torturador profissional, acertando sempre no mesmo lugar. Faz sangrar. Quer romper o tampão da cabeça. Forçar o deságue das lágrimas.

Pensei em morrer, ali nas margens de um rio fétido. Estou parada às margens de minha própria vida. Minha história desfila no leito lodoso do Mandaqui, como uma terça-feira de Carnaval. Eu estou na arquibancada paga. Contenho-me para não me atirar pulando os cordões de isolamento, abraçar, de uma só vez, todas as emoções repousadas, inquietas, no leito do meu próprio rio. Inconsciente, eu boiava sobre as agulhas das respostas. As inquietações das perguntas ameaçam-me. Atirar-me? Não me atirar??? Aonde? No rio? Que rio? Da minha vida? Do Mandaqui?

Será que vai chover? Sinto o vento forte fustigando o meu rosto. Os papéis picados no chão estão paralisados como eu. Algumas poucas folhas de árvores são atiradas, pela força do vento, contra a pequena murada do rio. Será que eu sairia viva? Meio viva? Morta? As inquietações atravessam a superfície do rio, para boiar em mim como interrogações. O que tinha me posto ali? O quê? Quem tinha me posto ali? Quem? O quê? Quem? Eu! Boio como interrogações, náufraga de mim.

Lembrei-me, a febre da vida tinha me arrastado, várias vezes, por caminhos dolorosos. Jogou-me, inúmeras vezes, contra barrancos de pedras e vales labirínticos. Sem saída, eu adoecia, chorava, e de quando em quando me ofereciam colher de amargo xarope. Não curava, amansava minha revolta, me deixando pronta para me arrastar, sempre. Isto é vida? Eu chamo de vida? Eu chamava de vida? Vida? Morte? Vida? Penso tranquila.

Parece que vai chover. Quando chove, a natureza toda estremece. Muda de cor, mudam os sons. Eu não estou ouvindo nada. Não ouço nem a mim mesma. Quando foi que comecei a me ausentar de mim? Quando? Quando foi que me abandonei ao curso inquieto dos fatos? Quando? Quando iniciou minha viagem, sempre rua abaixo? Quando? Não sei... Quem sabe, se a primeira vez que eu me arrastei foi aos pés de Ergos, professor da escola municipal do Mandaqui. Ele organizava pecinhas de teatro para as crianças representarem nas festividades. Na data da abolição da escravatura, eu fui a escrava que suplicava ao senhor para não lhe bater a chicotes. Saí-me bem no papel. Talvez um treinamento para as outras tantas súplicas futuras.Na ocasião do Natal, representaríamos o nascimento de Jesus. Eu escolhi ser Maria. Foi um riso só. Ria Ergos. Riam os meus colegas, menos o Joãozinho, que queria ser José Carpinteiro. Magoada, sem entender, eu olhava a todos. O professor tentou me convencer a representar a camponesa. "Não!", dizia eu. Afinal, me saíra bem no papel anterior. Os risos aumentavam de intensidade. Diante de minha obstinação, Ergos argumentou: "Maria não pode ser da sua cor." Chorei, lágrimas entrecortadas por soluços, o que alimentava a hilaridade da criançada, que improvisava um coro: "Maria não é preta, é Nossa Senhora. Maria não é preta, é mãe de Jesus."

Corri sala afora. Corri dos colegas, da aula, da escola. Perseguia-me o coro e a algazarra da criançada. "Maria Pretinha quer ser mãe de Jesus." Minha vontade era de gritar, com todo o meu fôlego. "E daí? O que é que tem? Não somos todos filhos de Deus? Deus tem cor?" Fiquei sufocada com as contestações presas na garganta. O berreiro das crianças me aturdia. Aturdem-me. Afastei-me para nunca mais voltar. Não conseguia entender nada.

Será que vai chover? As nuvens brancas passam veloz, perseguidas pelas nuvens negras, que parecem querer sorver, num só gole, o céu inteiro. Sorri. Ali estava o rio, me lançando olhares lodosos. Era só me atirar, ele me sorveria inteira. Acabariam as dores, as dúvidas. E os rancores, onde ficariam? Eu insistia em pensar, interrogar motivos. Sorria. O riso escondia uma revolta. Corroía-me, como me corroeu naquele dia. O riso escondia uma revolta. Não aceitava a vida. Não aceitava a revolta. Sorria abobalhada. Aprendi que éramos todos iguais. Acabava de fazer outra descoberta. Descobri que me arrastava na margem daquele rio.

Arrastei-me, uma outra vez, ao olhar-me no espelho. Fitava-me atentamente. Lembrei do coro da garotada no passado. Ouvi num lampejo a famosa marchinha de Carnaval: "Nega de cabelo duro, qual é o pente que te penteia?" Música que, muitas vezes, dancei fantasiada nos bailes do Paulistano da Glória, com os meus cabelos encaracolados guardados sob lenços coloridos.

Envergonhava-me de ser "Maria Pretinha". Envergonhei-me das pessoas pretas, que riam e pulavam, extravasando uma inconsciente alegria. Armada de pente-de-ferro-quente, insanamente amansei, a todo vapor, a rebeldia de meus cabelos. Ouvia aquelas vozes: "Ha, ha, ha, ela quer ser Maria, mãe de Nosso Senhor." Tentava apagar o vozerio, alisava os cabelos. Esticava-os até não mais poder. Junto com os cabelos, esticava a revolta, domava minha consciência. Domava minha intolerância.

Parece que vai chover. Notei que a natureza se armava. Atarefava-se. Arrumava-se para a luta. Formava uma tempestade. Ouvia-se o ronco das nuvens ao longe, como tanques de guerra avançando, invadindo o campo de batalha do céu. Atarefada na prática de descaracterizar-me, ouvia o chiado vitorioso do ferro-quente sobre os meus cabelos. "Chiiii, chiiii, chiiiii." Eu demonstrava contentamento nesse ato. "Chiii, chiii", os cabelos reclamavam, indefesos. Tive um acidente um dia. Num descuido, o instrumento autotorturador escapou de minhas mãos nervosas, caindo sobre o lado esquerdo do meu rosto. Queimei violentamente a face. Assustei-me.

Tive febre. Num delírio febricitante, ouvia vozes difusas. "Ha, ha, ha, ha, Maria Pretinha não pode ser Maria de Nosso Senhor." Sarei. Ataduras brancas cobriram, por muito tempo, as cicatrizes esbranquiçadas. Cicatrizes que ficaram para sempre e os cabelos falsamente lisos completavam a desfiguração. Eu era uma triste caricatura borrada. Eu sou uma triste caricatura borrada.

Agora, o rio convidava-me para dentro de sua escuridão lodosa. Eu me segurava na murada. As lágrimas acariciavam minhas cicatrizes. Chorava. Chorei. O que eram as cicatrizes? Nada! Alijei-me. Aleijava-me, de tanto que me arrastei. Não doíam mais as marcas. Peguei o vício, não ficava mais em pé, arrastava-me. Eu era toda calos. O vício de curvar engoliu a coluna vertebral, obrigava-me a ficar ajoelhada, rastejava como que sem pernas. Não conseguia olhar-me no espelho. Ah! Os espelhos, sempre, são colocados acima dos rastejadores invertebrados como eu. Ali, de costas para o rio, eu estava em pé? Rastejava? Pensava em suicídio. Eu pensava? O medo? E o medo?

Será que vai chover? Medo! Os rastejadores também têm medo. Na sarjeta, tem uma barata me olhando, mexe as antenas nervosamente. Ao som da trovoada, assusta-se, corre, esconde-se no bueiro. Será que ela não sabe que vai chover? Eu não consigo me esconder. As nuvens, prenhes de chuva, ameaçam assustadoramente, soltam grito rouco, dilacerante.

Eu estou densa, prenhe de mim, de emoções, de calos. Quero soltar o grito rouco de minha dor. Mas sou toda calos. Tenho medo. Medo, uma calosidade gigantesca, brotou impune ao som das dúvidas, à frente do meu pé, me impedindo os caminhos. Deixei crescer, avolumar-se tanto que impunha barreira aos meus passos, incapacidade aos meus atos. Não consigo morrer. Não consigo viver.

Lembrei que os espelhos são colocados acima dos rastejadores. Mas via-me. Conseguia olhar no espelho? Refletia-me o espelho? O que aconteceu? O que acontecia? Ergui-me do meu rastejar? A coluna desenvergou? Pensei em viver. O lodo do rio Mandaqui engrossou, deu a impressão de asfalto. Se pulasse para dentro de seu bojo, não boiaria, não afundaria. Não morreria? Pensei em vida! O lodo asfáltico me refletiu. A primeira vez que me via, depois de ter me transformado numa calosidade ambulante. Eu sou feia! Não, eu sou bonita! As durezas calosas não conseguiram me encobrir totalmente.

Observei, tornei a observar-me, cara a cara ao rio asfáltico, numa coragem impaciente. Havia muito tempo que não experimentava tal sentimento. Abracei-me toda. Cutucavam-me aquelas estranhas aderências adquiridas. Sentia-me importunada por elas, incomodavam-me demais. Revoltei-me, fitava o monstro em que eu me tornei. Com os olhos estranhamente arregalados, arranquei, num grito, a boca da face. O corpo estremeceu. A boca cresceu. Enorme, com enormes dentes, que, como lanças, se agarravam às extremidades dos monstruosos apêndices protuberantes. Insana, decidida, devorei-me todas as rebarbas. Medo protuso foi o último. A enorme boca, fora de mim, lutou e comeu tudo. Na luta, alguns pingos, como chuva, respingaram, em meus pés e mãos, o líquido armazenado nele, desde a primeira vez que me arrastei. Nada caiu sobre minhas costas ou cabeça.

Magicamente, a boca diminuiu, tomou seu lugar no meu rosto. Arrotei fundo, como trovoada. As nuvens gargalharam em corisco, começou a cair chuva do céu. O rio movimentou-se em seu curso. Em pé, olhei-me, novamente, no espelho. Não rastejava mais. Não portava mais inconvenientes corcundas. Soltei-me em emoções. Abracei-me à vida. Caminhei.

COTIDIANO

Domingo

Conversa na calçada

Moro num prédio residencial, vizinho de uma igreja evangélica. Antes do culto, que começa cedo, devotos circulam pela calçada. Saí para comprar cigarros, aproveitei para dar uma volta no quarteirão, sentir o calor úmido da manhã. Ao retornar, encontrei uma moradora antiga do condomínio, assim como eu, e trocamos cumprimentos cordiais e comentários meteorológicos.

— Bom dia.
— Bom dia.
— Faz calor.
— É, faz calor.

Então, ela emendou uma pergunta:

— Estava passeando ou foi orar?
— Orar eu oro, mas não é aqui. Sou mãe de santo, cultuo os orixás no meu terreiro, a senhora sabe disso. Não sabe?
— Sei, mas com tanta gente indo e vindo, eu achei...

Interrompi de imediato:

— Não. A senhora se enganou. Não tenho nada contra a oração de ninguém. Mas, quando passo por aqui, vestindo roupa branca, com minhas guias no pescoço, a caminho do meu ilê, já fui abordada, várias vezes. Diziam querer me tirar o capeta. Olha, nada contra o tirar e o pôr de ninguém, seja lá o que significa isso. Eu nem conheço esse cara, que tanto falam.

Enquanto conversávamos, os fiéis passavam, ouvindo a conversa, nos olhavam de esguelho, a deixando sem graça.

— Brincadeira. Não pode nem brincar?

— Ah! A senhora estava brincando? Eu não. Realmente não conheço esse cara que tanto falam. Bom domingo para a senhora!

Caminhamos em direções opostas.

Terça-feira

À tarde, no ônibus a caminho do centro da cidade

Procurava uma agência de correio aberta, já que algumas do bairro estão fechando e as que funcionam têm atendimento moroso, apesar da fila curta. Desisti da espera, resolvi me encaminhar à agência central. No ônibus, me acomodo no banco reservado para a idosidade, que é o meu direito. Uma senhora branca, aparentando uns 70 anos, se acomoda ao meu lado.

— Você está de blusa amarela! Cuidado!!! — falou como se estivesse ministrando um importante conselho.

— Gosto de amarelo, vermelho, azul-pavão, cores vivas. — respondi sorrindo, me esforçando para não demonstrar aborrecimento. Suspeitei que fazia alusão aos últimos acontecimentos do país, envolvendo as cores vermelha e verde-amarela.

— Eu ia sair de vermelho, mas estão batendo nas pessoas que usam roupa vermelha. — ela confirmou minhas suspeitas: seu intruso aconselhamento aludia aos fatos recentes. A observei, sorri, imaginei alguém batendo numa velhinha branca de cabelos azulados vestindo vermelho.

— Veja só! Ontem saí de vermelho. Nem pensei nisso! Não pensei hoje, ideologicamente, ao colocar uma camiseta amarela. Gosto mesmo das cores vibrantes. A coisa vai mal... Muito mal... se, na hora de escolher a cor do figurino para sair de casa, não for mais por gosto estético. Vai mal... Muito mal mesmo... se significar passaporte para agressão... Sou da geração que vivenciou o golpe de 64.

A senhora, rugas pronunciadas na face, empalideceu, colocou a mão em concha na altura da boca, parecia que me confidenciaria um segredo. Disparou:

— A ditadura que era boa: tinha emprego para todo mundo, não era essa roubalheira, o país era bem melhor...

Interrompi bruscamente, metralhei palavras:

— Nossa! O país que a senhora viveu não era o mesmo Brasil que vivi. Vi policial batendo em gente, cavalaria correndo atrás de estudante. Eu mesmo tive que correr em pleno Viaduto do Chá. Alguns amigos meus foram submetidos a torturas e perseguições.

Ela me olhou de cima a baixo, dava a impressão de que me avaliava a partir da minha aparência. Retrucou:

— Eles prendiam mesmo quem não trabalhava e era vagabundo, sem carteira assinada...

O assunto chegava ao meu limite de paciência. Interrompi, contendo o desejo de estapear a sua cara branca até ficar vermelha:

— Eu trabalhava, concursada, num órgão de governo. Sempre trabalhei e estava cursando a faculdade. — informei enfaticamente.

Cerrando os olhos, incrédula, tentou retrucar, gaguejou algumas palavras, incompreensíveis, se apressou em descer no próximo ponto.

Quarta-feira

No ônibus, indo encontrar as amigas

Calor danado que faz em São Paulo. Após o almoço e uma fila no banco, entrei no ônibus, sentei ao lado de uma senhora abraçada a um grande embrulho. Sonolência gostosa. Com os olhos fechados, penso num poema, na vida, numa música, nas amigas que iria encontrar... Sei lá, mais fácil assumir que o pensamento vagava solto, moleque travesso, sem compromisso, sem se deter em lugar nenhum. Uma conversa alta começou a me incomodar... Até aí tudo bem! Num veículo coletivo, as conversas não são sigilosas. Despertada da languidez, percebi um homem negro beirando os seus quarenta anos, dialogava com o motorista. Melhor dizendo, discursava, propositalmente, para ser ouvido por todos os passageiros.

— Veja só essa coisa de pensão alimentícia... Isso não é certo, pensão para mulher e os filhos não é justo. Então veja, o camarada trabalha, depois tem que sustentar esse bando de vagabundas.

Foi essa frase que me irritou, mas ponderei: era bate-papo num ônibus. Com o intuito de isolar o inconveniente diálogo, voltei a vaguear pensamento, mas ele continuava.

— Veja bem, ele não pagou a pensão para a filha desde os catorze anos de idade. Aos dezessete anos, o que ela fez? Processou o pai. Onde já se viu? Processar o próprio pai! Tivemos que fazer uma vaquinha na família, senão ele iria preso. Tem cabimento isso?

Incentivado, o quarentão falastrão continuou:

— Ah! Mas esse dinheiro vai fazer a mão dela cair. Folgada!

Essas mulheres são todas folgadas, querem viver de pensão. Eu não chamaria uma criatura dessas de filha.

Nesse ponto, me enfureci. Levantei, pedi para parar o ônibus.

— Sou passageira, cidadã, estou ofendida com esse desaforado discurso machista!

Engoli os palavrões. Queria fugir dali, para não entrar na via dos fatos com o ignóbil ser. Naquele ônibus, a maioria das pessoas que viajavam era de mulheres, constrangidas verbalmente por um imbecil. Para minha surpresa, as passageiras reagiram xingando. Virou um bate-boca. O homem esperneou, defendeu-se, afirmava não ser nada demais. A mulher que segurava um grande embrulho levantou-se em atitude ameaçadora. Eu gritei:

— Abra a porta!

Desci fora do ponto. Fui caminhando para encontrar as amigas, pensando alto: "Basta uma dizer, chega."

Quinta-feira

Chegando em casa à noite

Cavei, plantei, adubei, praticando meu hobby predileto, paisagismo e jardinagem, num quintal que me pertence e traz boas recordações. Retorno ao lar trazendo um carrinho de feira, para, no dia seguinte, levar novas mudas, doadas pelas floriculturas de comerciantes solidários. O porteiro abriu o portão ao me ver chegar. Pensando nas flores que plantaria, fiz menção de entrar.

Um homem branco, mais ou menos trinta anos, que nunca vira antes, se identificava na entrada, como visita ao apartamento de algum morador. Assustou-se; com o corpo, impediu minha passagem. Forcei a entrada, e ele, irredutível, continuou me barrando. Olhei firme nos seus olhos.

— O que você pensa que está fazendo?"

A frase saiu concomitantemente com a do funcionário:

— Ela é moradora.

O visitante retrucou, com o semblante aparvalhado.

— Como eu poderia saber? Não moro aqui.

— Então saia da frente, porque eu moro.

Entrei, bati como sem querer, com força e raiva, a roda do carrinho em sua canela.

— Sai, atrevido!

Sexta-feira

À noite, no ônibus voltando para casa

No coletivo, me acomodo no banco destinado à terceira idade. Passeio o olhar pelos passageiros, mania adquirida desde criança, para saber com quem divido poucos momentos de viagem, na entrecruza de destinos. Observo a expressão de cada rosto, percebo cansaço, sonho, desilusão, raiva contida ou o vazio, cada um transportando o seu mundo, em meio ao mundo alheio. Atualmente, os aparelhos eletrônicos dão o tom ao isolamento individualista ou proporcionam compartilhamentos, em altíssimo som, das intimidades para os que não estão dispostos a ouvir.

Detive minha atenção em uma moça branca carregando uma bolsa grande, livros e cadernos. Distraída, olhava pela janela. O ônibus para, entra uma jovem negra, mais ou menos vinte anos, cabelos black, brincos tipo alargador, uma tatuagem de borboleta no braço esquerdo, calça jeans, camiseta azul-clara. Senta-se ao lado da branca, retira um livro da mochila e começa a folhear. Logo a distração da jovem transforma-se; no olhar, um relâmpago de defesa-ataque-incômodo. Segurou a bolsa firmemente com as duas mãos, colocando no colo.

O coletivo cortou algumas poucas ruas. De repente, ouve-se um grito.

— Cadê meu celular? Cadê meu celular? Roubaram meu celular. — olhava acusatoriamente para a negra sentada ao seu lado. Como passe de mágica, as pessoas saíram de seus casulos individualistas e fulminaram a passageira, que se levantou, defendendo-se.

— Não! De novo não. Estou cansada disso! Não estou com seu celular. Se insistir, tiro a roupa.

O motorista interveio:

— Não, mocinha, não precisa.

Um homem malicioso, ao notar a beleza física da moça, incentivou:

— Tira, tira, tira.

Um senhor branco de óculos e pasta de executivo, muxoxou:

— Vitimismo, eles gostam de se fazer de vítima.

A jovem acusada por olhares e ações hostis retrucou:

— Vitimista, eu? Não sou. Venha passar um dia, do meu dia, senhor. Venha! Depois me conte.

Nisso, a branca alarmista que reclamava do roubo do celular falou, sem demonstrar o menor constrangimento:

— Achei! Estava no fundo da bolsa.

Como por encanto, os passageiros se calaram, retomaram seu individualismo, como se nada tivesse acontecido. O coletivo seguiu seu curso.

POSFÁCIO

Palavra e palavras, apontamentos sobre a autora

Quando sou entrevistada, uma das perguntas recorrentes é sobre a minha infância e como isso influenciou na decisão de ser escritora. Convivi com mãe, pai, irmã, irmãos, tios, tias, avós, uma família que valorizava os livros, a leitura, o contar histórias, e o questionamento. Eu, incentivada, praticava o exercício de imaginar, umas das ferramentas básicas do ofício de escrever. Atualmente, penso de como seria se eu não tivesse tido essa base, que me favoreceu desenvolver potencialidades para trilhar o caminho da escrita. Penso: E se, como muitas de nós, eu tivesse sido tolhida? Será que, como Carolina Maria de Jesus, eu encontraria as trilhas que me possibilitassem seguir o inevitável e realizar um sonho? E se não tivesse conseguido, como seria minha vida hoje? Estas são perguntas que só encontram respostas, quando construo as personagens de meus textos ficcionais, como, por exemplo, no atual livro, onde as protagonistas desenvolvem vários tipos de possibilidades para ultrapassarem os inúmeros obstáculos encontrados.

Juntar pedaços (2020) é o sétimo livro da minha carreira individual. Sete é um número importante pelo significado, que lembra a seriedade em manter o foco nas metas, dominar as situações adversas, seguir em frente sem desviar para alcançar os objetivos. Esse atual livro me faz olhar para trás e me ver acreditando na força da palavra e rever minha trajetória, quando em 1980, levada pela ideologia do Quilombhoje Literatura, engajei-me no grupo que organizava e geria **Cadernos Negros**, uma iniciativa coletiva de publicação que data de 1978. E em 1982, finalmente publiquei, pela primeira vez, meus poemas no volume 5 da coletânea, o que foi um marco significativo na minha carreira. Por coincidência, o número cinco é transgressor, é símbolo da evolução, é movimento, é agitação, rompe com a limitação, representando viagens internas e externas. Foi bem isso que aconteceu, não me sentia mais sozinhas nas minhas inquietações de escritora, participei em quase todos os volumes da série, que já está no seu quadragésimo segundo livro.

Além de escrever poemas e ficção, sou atuante na militância literária do que chamo, nas minhas palestras, de Movimento de Literatura Negra Brasileira, e fiz parte da **Comissão Nacional do I Encontro de Poetas e Ficcionistas Negros Brasileiros**, realizado em setembro de 1985 na cidade de São Paulo, e sou uma das organizadoras do livro **Criação Crioula, nu Elefante Branco** (1987, IMESP), com os relatos, discussões e textos, apresentados pelos participantes. Acreditando na literatura negra feminina, co-organizei duas antologias bilíngues inglês-português: **Finally us / Enfim nós: contemporary Black Brazilian woman writers**, publicada em1995 no Colorado, pela Continent Press. E **Women righting/Mulheres escre-vendo: Afro-Brazilian women's short fiction**, publicada em 2005, Londres, pela Mango Publishing. Em 2010, atendendo a um convite da Middlebury College, Vermont, para ministrar, enquanto escritora convidada, um curso de verão. E para dar suporte teórico e compreender as lacunas existentes no estudo da Literatura Brasileira, escrevi e publiquei pela Nandyala editora o livro **Brasilafro Autorrevelado, Literatura brasileira contemporânea**, contextualizando a literatura negra brasileira, do isolamento ao quilombo literário.

Estar com outros escritores-escritoras, ao longo de meu percurso de trinta e oito anos de carreira, muito me ensinou, desafiou, estimulou, fortaleceu. Em 1983, com autofinanciamento, tirei da gaveta o livro de poemas **Momento de busca**, e em 1985 o segundo livro, também de poemas, **Estrelas no dedo**, dentro de um projeto do Quilombhoje Literatura que visava proporcionar aos integrantes do grupo a oportunidade de ter seu livro individual custeado pela iniciativa coletiva. Em **Mulher mat(r)iz, prosas de Miriam Alves** (2011), que publiquei atendendo uma proposta da editora Nandyala, reuni os textos publicados nos volumes pares da coletânea **Cadernos Negros**, ao longo de 23 anos de minha vida literária, sendo que alguns foram traduzidos para o alemão e o inglês constando em coletâneas na Alemanha, Estados Unidos e Inglaterra.

Chegou um determinado momento que com minhas reflexões e inquietações, sobre a escrita negra, senti a necessidade de uma narrativa mais longa que possibilitasse dar asas a construção de um imaginário, o qual contemplasse a vivência com outras interioridades, e a complexidade do ser cidadão negro-negra brasileiro-brasileira. Historicamente, principalmente no contexto sociológico e literário, se dá ênfase à dor e ao sofrimento decorrente do regime escravagista. A forma como é abordado os escravizados contribui para dois extremos, o da violência e o da amenização, naturalizando não só esse período da história, bem como suas consequências. Aprendi que o escritor-escritora registra, em forma de arte, os seus inconformismos e suas interrogações, tirando de si o abismar-se, multiplicando em palavras esses sentimentos. Assim surgiu o romance **Bará na trilha do vento**, que escrevi em sete meses em 2008, no qual enfatizo a vivência de uma família negra contemporânea, que não abandonou os ensinamentos herdados da cultura afro-brasileira. Esse livro foi publicado somente sete anos depois (2015), pela editora Ogum's Toques Negros. Percebi que a construção das personagens no gênero romance proporcionava uma gama de possibilidades nas abordagens, e resolvi trazer a tona uma visão da vivência de negros-negras, brancos-brancas, a partir das minhas percepções das disparidades de dois mundo habitando a mesma sociedade, mas em paralelas de vidas, oportunidades, em discrepantes realidades. Em 2016, numa festa de lançamento, empolgada com o argumento que acabara de desenvolver, em conversa informal com um dos responsáveis pela editora Malê, explicava a proposta de meu novo romance. Imediatamente recebi o convite de publicação por aquela editora. Levei dois anos para escrever **Maréia**, que foi publicada em 2019, e lançada, no mesmo ano, na Casa Poéticas Negras, dentro da atividade paralela da Flip.

Para finalizar essa mini-autobiografia, respondo mais uma das perguntas recorrentes dos entrevistadores, sobre a minha preferência em escrever poemas, contos ou romances. Acredito que os gêneros literários são ferramentas, que possibilitam criar narrativas que auxiliam o escritor-escritora a construir arte.

Miriam Alves

A oferenda exuzíaca de Miriam Alves

Assunção de Maria Sousa e Silva

Os contos de Miriam Alves nos perpassam com verbos-gatilhos estrondosos e certeiros na consciência embranquecida que fixa os condicionamentos femininos em paradigmas segregados. A oferenda poética de Miriam é exuzíaca como a nudez da mulher notívaga cruzada por palavras-ventos-tempestades.

O mais novo livro da escritora paulista vem com o intento de abduzir leitorxs para um universo primordialmente feminino, lésbico, que se funda em mosaico chão-triturado, onde nos é escancarada a experiência da dor, do desafeto, da objetalização feminina, da orquestrada fonte misógina que fortifica a violência sobre o corpo e a alma da mulher negra.

Quem conhece um pouco da obra da autora pode perceber que o jorro de sangue e feridas abertas de Juntar pedaços talvez venha da fonte matriz dos contos de outrora, semeada por sua presença nos Cadernos Negros e em outras coletâneas. A pulsação poética de "Rainha do lar" (2010), desdobrável na poética em prosa de "Xeque-mate" e "Os olhos verdes de Esmeralda", em Mulher mat(r)iz (2011), reverbera nas cenas narrativas do livro, espraiadas em matizes espaço temporais cujos momentos focalizados agem sempre como pedaços de espelhos trincados ou, por mais vezes, quebrados com agudas pontas que nos picam até jorrar sangue de nossos olhos.

Os contos curtos, isentos de complexa estrutura formal – porque rompem com quaisquer medidas de assujeitamento teórico e evocam, por dentro, a fala negra silenciada –, privilegiam a vivência e a experiência de mulheres negras violentadas física e psiquicamente. Todavia, o que Miriam Alves traz de diferencial é a perspectiva não apenas de registrar, denunciar, mas também de romper, estraçalhar as amarras do sistema opressivo, racista, misógino, lesbofóbico para efetuar o refazimento das subjetividades, a partir de inaceitáveis relações binárias malogradas às mulheres e das estruturas falocêntricas que permeiam o imaginário social brasileiro.

No caminho vivencial das mulheres negras que tomam lugar como sujeitas – voz-ação –, não há espaço apenas para palavra solta, em descrição ou representação do narrado. Ela (a palavra) sempre vem como intervenção, com compromisso, guardiã de um corpo negro à deriva, fazendo-se inteira, arredia, destemida, insolente e mordaz. É dessa forma desobediente que a palavra personaliza o Ser que "junta pedaços" para transformar-se, uma vez que "Viver é uma aventura de esquiva", como diz Jessica ao se assemelhar com Carla, em "Mosaico".

Xs leitorxs podem perceber a potência da palavra nas vozes de Jessica, Ester, Cecília – tecendo seu viver com Flora e destravando visões –, Raquel, Arminda – "enlaçada com carinho pela cintura" da amada perante o ex-companheiro; no ato de vingança de Sandra, ao soltar seus cachorros contra o verme-chefe. São personagens modelares, fios de nova cepa – tronco em floração na literatura negra brasileira, a narrar o cotidiano urbano comumente velado pelo padrão patriarcal, classista, racista e sexista. Elas desvelam os dentes dos algozes e fiam outras formas de construir feminilidades, requerendo direito à "idosidade", urdindo pontes de solidariedade em contraponto ao premeditado individualismo e arrogância forjados na seara empalidecida da branquitude.

Miriam Alves nos convoca a pensar sobre os dias atuais, época de confinamento, pandemia e alto índice de feminicídio, como a fazer perene a indagação: em que medida nós, mulheres negras, não mais envolvidas pelo manto da tolerância e/ou encarceradas na caixa de ferramentas envelopada por "imagens de controle", podemos repensar e agir para sermos mais donas de nós mesmas, mais determinadas a construir caminhos até então não vislumbrados na construção de novas formas de viver individual e coletivamente?

Enfim, ler Juntar pedaços, da veterana autora negra brasileira, consiste em saber lidar, em "um só gole", com inquietações, com a calosidade de nossos pés de passivas caminhadas, com as travas que se impõem em nosso viver e, ao mesmo tempo, buscar aprender prenhes maneiras de Ser atravessadas pelo sopro de Nanã e os ventos de Iansã.

Juntar os pedaços. Fazer a cabeça!

Juliana Sankofa

Enfim, com quais pedaços nos deparamos após a leitura deste livro? Na tessitura poética, repleta de sons, aqui se pode deparar com representações das experiências de pessoas negras numa sociedade cujo racismo estrutural – que é sutil para os brancos, porém muito violento para nós – nos despedaça. Em meios aos fragmentos, a luta para se manter inteira(o) é necessária, pois nossas corporeidades, como se pode ver neste conjunto de textos, não são desprovidas de mente. A resistência envolve a espiritualidade e o psicológico, dimensões de nosso ser muitas vezes desconsideradas nesse sistema social que nos desumaniza há mais de 500 anos.

Nas cenas, o encontro entre Carla e Jessica, mulheres negras de tons de pele diferentes, permite desuniversalizar o corpo negro e suas experiências. Nesse sentido, a identidade negra pode ser vista como composta por múltiplas condições identitárias, isto é, há várias corporeidades negras que formam a macroesfera de uma identidade coletiva. Diante disso, a obra Juntar pedaços pode ser compreendida através de uma perspectiva pós-moderna da compreensão dos sujeitos, e tais pedaços podem ser entendidos como experiências individuais cujo conjunto possibilita a compreensão pela ótica da interseccionalidade, principalmente em se tratando de compreender o universo de experiências das mulheres, além do brancocentrismo teórico. Assim, como está na parte introdutória deste livro, "toda nudez é exuzíaca", o que lembra a intelectual Carla Akotirene quando fala da interseccionalidade enquanto ferramenta metodológica e analítica para as pesquisas acadêmicas. Todavia, as construções narrativas aqui presentes são exemplos de que tal ferramenta pode ser usada na construção estética literária, visto que "saber juntar pedaços, transformá-los numa coisa bela, é arte".

Ainda, nas cenas 6 e 7, observa-se a temática da violência doméstica. Em ambas as histórias, o término de um relacionamento abusivo é positivo na vida das protagonistas. A cena 6, intitulada "Acidente", ativa no nosso imaginário os exemplos de violências domésticas em que mulheres, por vergonha ou intimidação, ocultam a origem do abuso dizendo ser só um acidente. Nessa cena, o enredo envolve a reação de uma mulher cansada das surras do marido; antes de abandoná-lo, ela dá-lhe o que é merecido, "o pau no cu", que é justificado pelo homem como um acidente de trabalho. Na cena 7, "Alimento", o final fica em aberto, porém há uma mudança no comportamento da protagonista, que, ao procurar ajuda na espiritualidade, no terreiro que frequenta, fica mais consciente de quem lhe protege, se vê feita de "vento e das tempestades, que removem obstáculos" e declara que o marido agressor há de ter o que merece.

Em outro texto, "Choveu", podemos observar a temática relacionada com a liberdade sexual, e os elementos da natureza se tornam metáforas do ato sexual, cuja intensidade possibilita a sinestesia da leitora ou do leitor, pois o "uivar do vento em gozo se fez ouvir". A maioria das personagens de Juntar pedaços é de mulheres, no entanto o homem negro também é protagonista: em "Passagem do tempo", sua trajetória de vida dos 50 aos 92 anos é narrada através da descrição de seus sentimentos e experiências.

Na fábula "A negra e a cega", pode-se acompanhar o fio da aranha tecendo toda a história, ora juntamente com Cecília, ora com Flora, cuja amizade acontece inusitadamente. A desigualdade na forma de tratamento é representada nesse texto: Cecília esbarra em Flora por acidente, o que os seguranças de um banco interpretam como um ataque. Embora fosse cega, Flora fez o que muitas pessoas brancas videntes não fariam: impediu a ação dos seguranças contra Cecília, pois, "na confusão que se armara, era a única que via com nitidez dos sábios", já que alguns olhos, embora vejam, são cegos em suas ignorâncias e são conformados nos privilégios ao normalizarem a colonialidade das relações. Os sentimentos de Cecília diante de tudo são descritos, já que o racismo não é nada cordial e "o mundo girava para todos, para ela travava", assim como a porta giratória do banco.

As relações amorosas entre mulheres também fazem parte das narrativas desta obra. Em "Tamborilar", a mania de Tereza, inicialmente estranha para a personagem-narradora, faz todo o sentido no final: representa o desejo e a atração dela. Ainda, em "Mas um dia. Só mais um dia", deparamos com a narradora descrevendo seu relacionamento com sua companheira dependente química, o amor esgotado.

A parte final do livro, "Cotidiano", é composta por sete narrativas cujos títulos são os dias da semana, em que observamos o dia a dia de uma mulher preta numa sociedade racista, evidenciando como a violência estrutural surge em contextos simples, como dentro do ônibus ou na ida ao mercado, por exemplo. Ao fim da leitura, juntamos os pedaços das múltiplas experiências que perpassam a identidade negra, desfazendo da cabeça estereótipos e também repensando as corporeidades negras de forma inteira – mentes e corpos, repletos de sentimentos, lutas internas e externas, que a sociedade fragmenta em suas replicações comumente rasas acerca de experiências tão mais profundas e complexas. Refazemos a cabeça e o imaginário!

Esta obra foi composta em Arno pro Light 13 e impressa pela Gráfica PSI para a Editora Malê em setembro de 2021.

Impressão e acabamento

psi7
psi7.com.br

book7
book7.com.br